Knallfrösche

Manfred Mann

Knallfrösche

Schelmereien & Schlimmeres

Jugenderinnerungen
1943 bis 1960

Books on Demand GmbH

Die Deutsche Nationalbibliothek verzeichnet diese Publikation in der Deutschen Nationalbibliografie; detaillierte bibliografische Daten sind im Internet über http://dnb.d-nb.de abrufbar

Illustration eines Teils der Geschichten erfolgte durch Schülerinnen und Schüler der „Georgiana Molloy Anglican School", Busselton, Western Australia.

Herstellung und Verlag:
BoD™ - Books on Demand GmbH, Norderstedt

ISBN 978-3-8448-1646-4

Inhalts-Verzeichnis

Nun ist die Jugend schon verschäumt,
ein Teil verbummelt und vertrunken.
Ein Teil versonnen und verträumt
und ohne Wiederkehr versunken.

Und die noch kaum mein Eigen war,
die Welt der Lieder und der Sterne,
ward über Nacht mir wunderbar
zu Heimweh, Traum und blauer Ferne.

Hermann Hesse

Vorwort

Die folgenden Geschichten passen nicht mehr in die heutige Zeit der Computer- und Videospiele. Meine Generation hat noch meistens draussen an der frischen Luft gespielt und nicht, wie heute üblich, drinnen am TV. Für die jüngeren Leser mögen die Geschichten trotzdem interessant sein, geben sie doch Einblick in eine längst vergangene Zeit.

Dieses Buch ist für die nachfolgenden Generationen unserer Familie geschrieben. So wie ich Kenntnis habe von Handlungen meiner Vorfahren, sollen auch meine Erlebnisse in Erinnerung und lebendig bleiben. Unser Blick sollte hauptsächlich in die Zukunft gerichtet sein, doch ohne Vergangenheit existierten wir nicht und ohne sie gäbe es keine Zukunft. Die Jahre zwischen Ende des zweiten Weltkrieges und der Fünfzigerjahre waren für mich ein Ansporn zur Selbstgestaltung meiner sehr knapp bemessenen Freizeit. In diesen Jahren lagen meine Kindheit und Teenagerzeit, in welchen die geschilderten Schelme-reien begangen wurden.

Bis zu meinem 14. Lebensjahr war mir Taschengeld unbekannt. Während der ersten Schuljahre gehörte das nicht immer legale Kartoffelstoppeln und Ähren- & Zuckerrübensammeln zum Alltag. Später kamen Gartenarbeit und Mithilfe im Haushalt dazu.

Die Kreativität in allen Lebenslagen war stark gefordert. Spielzeuge mussten selbst hergestellt und Spiele selbst erfunden werden. Man hatte Respekt vor Erwachsenen. Bei liederlichem Verhalten setzte es Ohrfeigen, selbst von Fremden. Die Zeiten haben sich in der Zwischenzeit geändert; nicht immer zum Vorteil aller Beteiligten. Die körperliche

Züchtigung des Nachwuchses ist heute nicht mehr erlaubt.

Einige meiner begangenen Schelmereien erfolgten aus Übermut, andere waren der Versuch, vermeintliche Ungerechtigkeiten auszugleichen.

Vielleicht haben einige ältere Leser als Zuschauer, Opfer oder Täter ähnliches erlebt.

Für die schlimmeren der begangenen Taten empfinde ich späte Reue, vor allem dann, wenn Ärger oder Sachschaden verursacht wurde. Aber die Zeit heilt bekanntlich alle Wunden.

Alle Schilderungen beruhen auf wahren Begebenheiten und ich kann mich auch heute noch an alle Einzelheiten erinnern. Beim Verfassen dieses Buches habe ich die damaligen Ereignisse nochmals intensiv durchlebt. Die Erzählungen sind nicht literarisch geschönt.

Mein Dank geht an meinen geliebten Schatz Marcella, welche meine handschriftlichen Aufzeichnungen mit erheblichem Aufwand fachgerecht für den Buchdruck vorbereitet sowie einen Teil der Geschichten illustriert hat. Für Druckfehler, entstanden durch die Textverarbeitung mittels Computer, ist sie nicht verantwortlich.

Gewidmet ist dieses Buch meinen Enkeln Yasmin und Nico, welche bereits einige meiner Schelmereien kennen und davon beeindruckt sind. Allerdings werden nicht alle zur Nachahmung empfohlen.

Manfred Mann, Down Under, Mai 2012

Alle Herrlichkeit auf Erden

Der Winter 1946/47 kam mit viel Schnee
daher und Temperaturen unter minus
dreissig Grad Celsius. Wir waren damals
mit vier Personen in einer Ein-Zimmer-
Mansarde unter dem Dach im 2. Stock
untergebracht. Das Plumpsklo befand
sich auf dem Hof. Die Aussenwand der
Mansarde bestand aus Fachwerk, aus-
gefüllt mit Lehmziegeln. Durch die Ritzen
sah man nach draussen. Drinnen stand ein
kleiner, mit Braunkohlen-Briketts befeu-
erter Küchenofen, auf dem ständig Zuckerrüben zu Melasse eingekocht wurden. Der verdickte Rübensaft diente als
Brotaufstrich und Süssmittel. Die Koch-
dämpfe schlugen sich innen an der Wand

zur Strasse nieder und bildeten mit der Zeit eine bis zu 3 cm dicke Eisschicht. Heute ein unzumutbarer Zustand für eine Unterkunft. Die Betten wurden feucht und kalt. Meine Mutter und mein Bruder bekamen eine Lungenentzündung und wurden ins Krankenhaus der nächsten Stadt eingeliefert.

Im Parterre befand sich eine kleine Gastwirtschaft. Die Besitzer des Hauses, ein älteres Ehepaar, wohnten im ersten Stock. Sie betrieben im Parterre neben dem Restaurant am Ende des Flurs einen kleinen Kolonialwarenladen.

Die Bauern im Dorf, welche wie unsere Wirtsleute Vertriebene aus den verlorenen Ostgebieten aufnehmen mussten, versorgten uns mit dem Nötigsten. Sie liessen uns auch auf den abgeernteten Feldern Kartoffeln stoppeln und Ähren sammeln. In der Fleischerei konnten sich die armen Leute umsonst Wurstbrühe holen, um ihrer Gemüsesuppe einen kleinen Fleischgeschmack zu geben.

Auch in der dörflichen Abfallgrube zwischen den Feldern konnte man manchmal Nützliches finden. Darunter waren durchgelaufene Schuhe, welche mein Vater mit selbstgefertigten Holzsohlen versah oder Knochen, die bei der Behörde gegen Seife eingetauscht werden konnten.

Im 1. Schuljahr wurde noch mit Griffeln auf Schiefertafeln geschrieben und Schreibhefte konnten nur im Tausch gegen Altpapier bezogen werden. In den Heften liess sich nur mit Bleistift schreiben; die Blätter enthielten Holzfasern, auf denen die Tinte zerlaufen wäre. Das Klassenzimmer konnte im Winter nur beheizt werden, wenn die Schulkinder von zuhause Holz oder Kohle mitbrachten.

Die Stromversorgung war oft überlastet und daher fiel zuhause dauernd das elektrische Licht aus. Mein Vater baute deshalb eine einfache Karbidlampe mit offener Flamme. Beim Erledigen der Schulaufgaben musste ich vorsichtig sein. Beugte ich mich nahe der Flamme zu sehr über meine Schiefertafel, brannten schon mal meine Kopfhaare.

Gegenüber unserer Mansarde unter dem Dachboden neben dem Treppenaufgang befand sich ein Lattenverschlag, der unsere Mansardenseite zum Dachboden der

Hausbesitzer abtrennte. Oft stand ich vor diesem Lattenverschlag und sah dahinter vollgestellte Regale. Genau waren die Gegenstände von meiner Warte aus nicht zu erkennen. Zu jener Zeit bestand mein Spielzeug und das meines Bruders aus einem abgewetzten Teddybär und einem Stoffball. Die Versuchung war also gross, die Gegenstände hinter dem Lattenverschlag zu erkunden. Die kürzeste Latte war eines Tages schnell ausgehebelt, was nicht gross auffiel. Die entstandene Öffnung war gross genug für einen kleinen Jungen, um sich hindurchzuzwängen. Zwischen den Gestellen sah ich Sachen, welche mein Herz höher schlagen liessen: Unmengen von Spielzeug, welches wohl früher von den inzwischen bereits erwachsenen Kindern unserer Wirtsleute benutzt wurde. Für mich ein Ort „aller Herrlichkeit auf Erden". Es wäre den Wirtsleuten wohl nicht aufgefallen, wenn ich einiges mitgenommen hätte. Meine Eltern waren ehrliche Leute und hätten für mein Organisieren von Spielzeug aus fremden Beständen wenig Verständnis gehabt. Somit nahm ich nur eine flache, verschlossene Pappschachtel mit. Später beim heimlichen Betrachten des Inhaltes an einem sicheren Ort kam das grosse Staunen:

Eine komplette Kinderpost mit Briefpapier, Umschlägen, Briefmarken, Stempel und Stempelkissen. Ein ideales Mitbringsel für meinen Bruder Klaus, welcher mit der besagten Lungenentzündung im Krankenhaus lag.

Soweit ich mich erinnere, hat Klaus sich sehr über das Geschenk gefreut. Wohl hat es auch einige Fragen seitens meiner Eltern über die Herkunft dieser Kinderpost gegeben. Das „Organisieren" dieses Geschenkes wurde jedoch als kleineres Vergehen toleriert. Das Spielen mit der Kinderpost hat zuerst meinen Bruder und später auch mich eine ganze Zeit lang erfreut.

Schwarzgeschlachtetes

Nach dem zweiten Weltkrieg wurden wegen Versorgungsmängel von den Behörden die zur Schlachtung bestimmten Nutztiere gezählt und registriert. Die Behörden konnten natürlich nicht verhindern, dass einige Tiere versteckt gehalten wurden. Diese endeten dann als verbotene „Schwarzschlachtungen".

Ähnliches passierte bei der Alkoholherstellung. Aber hier ging es den Schnapsbrennern eher darum, Steuern zu sparen. Ich erinnere mich, dass unser Dorfpolizist einmal stark angetrunken und mit praller Aktentasche das Haus, in dem wir untergebracht waren, verliess. Er brauchte mit seinem schwankenden

Gang fast die ganze Strassenbreite für den Heimweg. Unsere Wirtsleute hatten da wohl wieder einmal den Polizisten bei guter Laune halten wollen.

Es ging bei unseren Hausleuten wohl nicht alles mit „rechten Dingen" zu. Wie sich später herausstellte, wurde in der angebauten Waschküche auch „schwarz" Kartoffelschnaps gebrannt.

Auch Zuckerrüben wurden von meinen Eltern verarbeitet, um die Not zu lindern und ich fand heraus, woher diese stammten. Der Hausgarten grenzte an den Friedhof und hinter der Mauer standen zur Erntezeit abends die vollbeladenen Ackerwagen bereit für die frühmorgendliche Fahrt zum Bahnhof. Zu später Nacht schlichen sich mein Vater und unsere Hauswirtin zu den Wagen. Mein Vater kletterte hinauf und warf Rüben über die Mauer, wo sie von der guten Frau aufgesammelt wurden. Der Besitzer der Rüben, ein Nachbarbauer, muss dies wohl bemerkt haben. Er hatte sicher auch eine Vorstellung davon, wer die Diebe waren. Zu hart wollte er aber doch nicht vorgehen, da er und mein Vater im selben Gemeinderat waren. So rief er nur ganz laut: „Jetzt gehe ich heim, mein Gewehr holen" und gab den Rübendieben Gelegenheit, rechtzeitig zu verschwinden. Ein Teil dieser Rüben landete dann auch in unserem Kochtopf.

Ein Fall von Schwarzschlachterei wurde im Nachhinein bekannt und endete für den Hausmetzger äusserst schimpflich. Ein Schwein wurde bei einem Bauern in der Nachbarschaft heimlich geschlachtet und über Nacht in der Scheune aufgehängt, um am anderen Tag vom Metzger verarbeitet zu werden. Der Bauer hörte in der Nacht ein verdächtiges Geräusch und ging, bewaffnet mit einem Knüppel, nachsehen. Er sah in der Dunkelheit eine Gestalt, die versuchte, das Schwein vom Haken zu nehmen. Der Bauer schlug einmal kräftig zu, konnte aber nicht verhindern, dass sich der Unbekannte, jedoch ohne Beute, aus dem Staub machte. Am nächsten Tag wartete der Bauer vergebens auf den Metzger, der das Schwein in der Scheune verarbeiten sollte. Als der Bauer beim Metzger vorbeischaute, öffnete ihm die Metzgersfau die Tür und auf die Frage, warum ihr Mann nicht wie verabredet komme, sagte sie nur: „Er kann nicht, er liegt krank im Bett". Man wusste aber bald, was genau passiert war und dies sprach sich schnell im Dorf herum.

Der Treppenaufgang vom 1. Stock zu unserer Mansarde unter dem Dach war steil und beidseitig mit Täferbrettern versehen. Hinter der Eingangstür bog die Treppe rechtwinklig nach links ab und hatte am Aufgang eine Nische, abgeschirmt durch einen Vorhang. Dieser war an einem oben angebrachten Ablagebrett befestigt, auf welchem eine Kaminuhr stand. Die Bitte meines Vaters an die Wirtsleute, diese Uhr vorübergehend bei uns aufstellen zu dürfen, wurde abgelehnt mit der Begründung, dass die Aufziehfeder gebrochen wäre. Mein Vater hätte die Uhr leicht reparieren können, aber sie verblieb eben auf der Ablage im dunklen Treppenaufgang. Es dauerte nicht lange und ich berührte aus Versehen den Vorhang, worauf die Uhr auf die Treppe stürzte und in mehrere Teile zerbrach. Wir mussten keinen Ersatz leisten; die Uhr wäre aber vorher bei uns besser aufgehoben gewesen.

Dieser Vorfall führte dazu, dass ich vorsichtiger die Bodentreppe hinaufstieg. Dabei hatte ich die Gewohnheit, mit der rechten Hand an die Holzwand zu klopfen. Mir fiel auf, dass drei der Bretter merkwürdig hohl klangen. Mit einiger Mühe gelang es mir, diese herauszunehmen. Hinter der Öffnung befand sich ein Zwischenboden voller versteckter Konservenbüchsen, gefüllt mit „Schwarzgeschlachtetem". Vorsichtig nahm ich eine Dose heraus und verschloss die Öffnung wieder sorgfältig. Es wäre ein leichtes gewesen und sicher auch nicht aufgefallen, ab und zu eine Mettwurst-Dose zur Ergänzung unseres Speiseplanes zu entwenden. Aber wiederum zeigte sich, dass meine Eltern zu ehrlich waren und es blieb bei dieser einen Dose.

Revolverheld

Die Kaninchen, welche mein Vater aufzog, brauchten Futter. Für den Winter wurde deshalb ein Heuvorrat angelegt, den wir im Dachspitz über unserer Mansarde unterbrachten. Zu passender Jahreszeit mussten mein Bruder und ich Grünzeug besorgen. An den Wiesenrändern sammelten wir Löwenzahn und stopften diesen in einen Sack. War das Sammeln zu unergiebig, wurde auch manchmal ohne Erlaubnis auf Klee von Feldern zurückgegriffen. Je schneller der Sack voll war, desto früher konnten wir den Heimweg antreten. Meistens geschah dies am frühen Abend; vor dem Abendessen war dann noch etwas Zeit zum Spielen.

Gern spielten wir mit anderen Kindern draussen um Murmeln (kleine Glas– oder Tonkugeln). Auf dem glatten Erdboden wurde ein sauberes, rundes, kleines Loch gegraben. Von den Mitspielern wurde versucht, aus einer gewissen Entfernung eine bestimmte Anzahl Kugeln ins Loch zu werfen. Trafen einige nicht, wurden die Kugeln nach einer bestimmten Regel von den Mitspielern auf dem Boden in das Loch gerollt. Der Sieger erhielt alle Kugeln.

Ein ungewöhnliches Kartenspiel war auch sehr beliebt. Man schnitt die Vorderseite von Zigarettenschachteln zu Spielkarten zurecht. Zwei Spieler legten abwechselnd vorher umgekehrt gehaltene Karten sichtbar aufeinander. Folgten zwei gleiche Karten, gehörte dem letzten der Spieler der ganze Haufen. Die Karten sahen mit der Zeit sehr speckig aus und wurden bei deren Entdeckung von den Eltern eingezogen und vernichtet.

In der Nachbarschaft lebte ein Junge, welcher bereits in der nächsten Stadt in die Lehre ging. Er war bei uns Kindern nicht sehr beliebt, weil er sich überall einmischte.

Wir wollten ihm deshalb auch einmal eine Lehre erteilen. Der Schmiedesohn besorgte eine Eisenkugel in der Grösse und Farbe unseres Gummifussballs. Die Kugel wurde an der Strassenbiegung abgelegt. Wir spielten Fussball in der Nähe und warteten auf das Erscheinen unseres Opfers. Er sah uns von weitem und wir riefen ihm zu: „Uwe, schiess den Ball her!" Nach einem Anlauf trat er heftig gegen den vermeintlichen Ball und tat sich natürlich sehr weh. Wir machten danach einige Zeit lang einen grossen Bogen um ihn, da er verständlicherweise zornig auf uns war. Von da an hat er uns jedoch in Ruhe gelassen.

Ich hatte einen Schulfreund namens Eckhard, der in der Nähe auf einem Bauernhof wohnte.

Zu meinem Geburtstag schenkte er mir einmal eine junge Katze. Diese durfte nicht in unser Mansardenzimmer, sondern lebte unter dem Dachboden. Wir hatten andere Sorgen, als uns ständig um die Katze zu kümmern. Deshalb wurde sie auch nicht sehr zutraulich. Sie erkundete den ganzen Dachboden und hielt sich gern in unserem Heu unter dem Dachspitz auf. Manchmal stieg ich dort hinauf, um mit ihr zu spielen. Einmal verkroch sich die Katze in einem niedrigen Zwischenboden, welcher über der Mansardendecke lag. Mit einem Stock versuchte ich, sie wieder hervorzuholen, stiess aber statt auf die Katze auf einen anderen Widerstand. Ich merkte, dass ich etwas bewegen konnte und angelte schliesslich ein schönes Holzkästchen hervor. Als ich dieses aufklappte, sah ich etwas total Unerwartetes.

Bekannt waren mir bisher Pfeil und Bogen, Steinschleuder oder Blasrohr. In dem Kästchen lag zu meiner Überraschung ein glänzender, kleiner Revolver. Ich nahm diesen in die Hand, ging in die Mansarde, in der meine Mutter das Essen zubereitete und wollte ihr meinen Fund zeigen. Die Waffe hielt ich dabei in ihre Richtung, was meine Mutter mit einem Aufschrei quittierte. Der Revolver wurde mir abgenommen und umgehend unseren Wirtsleuten, den offensichtlichen Besitzern, übergeben. Diese hatten die Waffe bei Kriegsende vor der englischen Besatzungsmacht versteckt. Ich hätte den Revolver natürlich gern behalten, um damit meine Freunde zu beeindrucken.

Gottseidank ist es nicht dazu gekommen, denn die Waffe war noch geladen.

Spatzengeld

Der Tag fing schon gut an. In der Schule lief alles glatt, nur der Riss in der Schiefertafel wurde beanstandet. Die Folge einer Rauferei, bei der ich mit dem Schultornister vor der Brust gegen einen Mitschüler anrannte. Zu Mittag gab es Schulspeisung. Diese war organisiert von der englischen Militärverwaltung. Ein Jeep mit zwei Soldaten kam fast jeden Tag und verteilte Portionen in unsere Essgeschirre. An diesem Tag gab es etwas Besonderes: zu kleinen Stangen gepresste, getrocknete Feigen. Wir mussten in einer Schlange anstehen und jeder bekam eine Stange. Ich als letzter ging allerdings leer aus.

Unser Lehrer, der die Verteilung überwachte, handelte kurz entschlossen. Er nahm sein Taschenmesser und schnitt von allen verteilten Stangen jeweils ein kleines Stück ab und übergab diese an mich. Zum Schluss hatte ich mit all den Stückchen wesentlich mehr als jeder meiner Mitschüler. Mir war nicht ganz wohl bei dieser Verteilung, aber sie wurde von allen akzeptiert.

Diese Speisung für Schulkinder war zu jener Zeit äussert willkommen. Erst später wurde mir bewusst, wie grosszügig die Engländer waren, denn nach dem Krieg ging es ihnen nicht besser als uns Deutschen. Bedürftige Erwachsene und gelegentlich auch wir Kinder konnten mittags auch zur Volksküche im Dorf essen gehen. Die dort ausgeteilte Steckrübensuppe, in die mehr „Augen" hineinschauten als Fettaugen heraus, ist mir noch heute in schlimmer Erinnerung.

Nach der Schule machte ich mich auf den Heimweg. Ein besonderes Ereignis erwartete mich. Ich durfte für unsere

Wirtsleute, welche den kleinen Kolonial-warenladen betrieben, mit Hilfe deren Damenfahrrades Kunden beliefern. Noch heute sehe ich im Geist das Fahrrad vor meinen Augen und erinnere mich an einen speziellen Geruch. Es war Sommer und das Rad stand im frisch gescheuerten Flur. Der gefüllte Korb stand bereit zum Ausliefern; diesmal an den Dorfarzt. Der Korb war schwer und wurde auf dem Ge-päckträger befestigt. Es war für mich nicht einfach, die Balance zu halten, dar-um durfte ich auf dem Hinweg das Rad nur schieben. Die Glückseligkeit begann erst auf dem Heimweg. Noch heute emp-finde ich ein Glücksgefühl beim Fahrrad-fahren. Das damalige Gefühl wird sich allerdings nicht mehr einstellen, selbst wenn ich mit dem teuersten Carbonrad unterwegs wäre.

Unsere Familie besass zu dieser Zeit kein Fahrrad. Erst später baute mein Vater für die Zeitungsauslieferung eines aus alten, verrosteten Einzelteilen zu-sammen. Das Vorderrad hatte statt Schlauch und Mantel nur einen mit Draht zusammengehaltenen, harten Gummischlauch.

Das Radfahren erlernte ich auf einem grossen Herrenfahrrad eines Nachbarn. Mit dem rechten Bein schräg durch den Rahmen zur Pedale, da meine Beine für die normale Benutzung des Rades noch zu kurz waren.

Auf dem Rückweg meiner Auslieferung hielt mich mein Freund Eckhard auf. Er hatte einige Spatzen geschossen und brauchte meine Hilfte. Wir hatten eine Spatzenplage und es war ein behördliches Kopfgeld auf Spatzen ausgesetzt. Eckhard war auf dem Weg zum Gemeindeschreiber, um seine Beute abzuliefern. Dieser amtete in einem alten Bauernhaus im Parterre-Zimmer. Vom Schreibtisch aus sah man nach draussen auf den Misthaufen. Eckhards Spatzen waren an einer langen Schnur zusammengebunden und unser weiteres Vorgehen war auch schnell geplant. Da sich der Gemeindeschreiber vor den toten Spatzen ekelte, musste Eckhard diese vor dem Fenster zum Abzählen in die Höhe halten. Ich hielt mich seitlich versteckt auf und hatte das Ende der Schnur in der Hand.

Nach dem Zählen wurden die Spatzen auf den Misthaufen geworfen, und Eckhard konnte das Geld drinnen in Empfang nehmen. Es gab 5 Pfennige pro Spatz. In der Zwischenzeit zog ich vorsichtig an der Schnur die Spatzen vom Misthaufen und verdrückte mich. Einige Zeit später ging ich mit denselben Spatzen zum Abkassieren und Eckhard zog versteckt an der Schnur. Er reichte anschliessend dieselben Spatzen an einen anderen Freund weiter; natürlich gegen ein kleines Entgelt.

Wie oft Eckhard diesen Trick angewendet hat, ist mir nicht bekannt, aber allzulange konnten dieselben Spatzen sicher nicht vorgezeigt werden.

Erdbeertorte

Ostern war vorbei. Kurz vorher gab es die ersten Zeugnisse. Für die Übergabe marschierte die ganze Klasse vom Dorf ins offene Feld, wo die Zeugnisse von der Lehrerin verteilt wurden. In meinem ersten stand: „Manfred ist schweigsam und verschlossen". Nach dem zweiten Halbjahr dann bereits: „ Manfred ist strebsam und aufgeweckt".

Meine Mutter legte grossen Wert darauf, gutes Hochdeutsch zu sprechen und ermahnte manchmal meinen Vater, wenn er in seinen gewohnten schlesischen Dialekt abrutschte: "Bauere nicht so !".

Manche Mitschüler hatten mit dem Hochdeutsch gewisse Probleme. Zum Beispiel die Pronomen „mir" und „mich" richtig anzuwenden. Ich staunte dann nur, wenn zum Beispiel gesagt wurde: „Gib mich das Buch".

Es wurde Juni, und auf den Feldern reifte die Ernte heran. Angebaut wurden in unserer Gegend in Norddeutschland unter anderem Zuckerrüben, Korn, Erbsen, Bohnen, Kürbisse, Mohn und Erdbeeren. Eine Papiertüte wurde immer in der Hosentasche mitgetragen, um an der Ernte „teilzuhaben".

An einem Nachmittag wurde einmal ein Kartoffelfeld nach dem Abernten vom Besitzer zum Stoppeln freigegeben. Sofort fanden sich etliche Leute ein, welche mit Hacken nach verbliebenen Kartoffeln gruben. Ich wollte meinen Eltern eine Freude bereiten und ging auch auf das Feld. Nach längerem Hacken konnte ich einen kleinen Sack mit Kartoffeln füllen. Mit einiger Mühe wuchtete ich den Sack treppauf zum Nebenraum unserer Mansarde im zweiten Stock. Als ich meinen Eltern die „Ernte" voller Stolz zeigte, machten sie mir Vorwürfe und sagten, wenn sie Bescheid gewusst hätten, wären sie auch zum Feld gegangen und wir wären zu mehr Kartoffeln gekommen. Damals konsumierten wir mit vier Personen zehn Zentner (500 kg) Kartoffeln im Jahr.

An einem Sonntagmorgen spazierte ich wieder mal über die Felder auf der Suche nach Verwertbarem. Reife Erdbeeren lachten mich an und ich füllte damit meine Papiertüte. Zu Hause angekommen, sagte meine Mutter zu mir: Wenn wir doppelt soviele hätten, würde es für eine ganze Erdbeertorte reichen. Also machte ich mich nochmals auf den Weg zum Erdbeerfeld. Beim zweiten Mal muss mich jemand beobachtet und gemeldet haben; denn am Nachmittag, als die Torte zum Abkühlen auf dem Fensterbrett stand, klopfte es an der Mansardentür. Der Dorfpolizist trat herein, sah die Torte und sagte nur: „Da komme ich wohl zu spät, die Beeren sind bereits verarbeitet." Diese Angelegenheit hatte kein Nachspiel ausser einer Ermahnung in meine Richtung. Für diesmal ging der Polizist leer aus. Die Torte war noch zu warm und wir konnten ihm ausser einem Dankeschön nichts mitgeben.

Unsere Wirtsleute haben den Ordnungshüter jeweils mit Schnaps und Schwarzgeschlachtetem bestochen, damit dieser über ihre ungesetzlichen Tätigkeiten hinwegsah. Jeder musste damals schauen, wie er über die Runden kam.

Groschenklau

Geld war bei uns sehr knapp. Selbst wenn man Geld hatte, konnte man nicht alles dafür kaufen. Es war noch vor der Währungsreform 1948 und das Tauschen war im vollen Gange. Die alte Reichsmark galt noch; sie war noch nicht von der neuen D-Mark abgelöst. Die Abwertung der Reichsmark betrug später 1 zu 10. Mein Vater zog Kaninchen auf. Die Hälfte der Tiere war für den Eigenbedarf bestimmt, der Rest zum Eintauschen gegen begehrte Gegenstände wie Fahrradteile. Wenn nach der Währungsreform ein Verwandter oder Bekannter der Familie zu Besuch kam und mal meinem Bruder oder mir 10 oder 20 Pfennige schenkte, muss-

ten wir das Geld sofort in die Sparbüch-
se stecken. Diese hatte mein Vater aus
einer leeren, wieder verschlossenen Konservendose angefertigt. Unter dem
Schlitz war ein Lederlappen von innen
angenietet, um das heimliche Herausfi-
schen der Münzen zu verhindern.
Für uns Kinder waren damals Streichhölzer sehr begehrt. Mit diesen konnte
man in der nahen Kiesgrube, welche auch
als Müllhalde diente, herrlich Feuer anzünden. Eine Schachtel Streichhölzer
kostete nach der Reform 10 Pfennige.
Eine beachtliche Summe bei einem Wochenlohn von 50 D-Mark für meinen Vater. Für uns Kinder mussten also Wege
gefunden werden, um an Streichhölzer
zu kommen.
Bei uns zu Hause gab es in Ermangelung
an teuren Streichhölzern einen von
meinem Vater angefertigten Feuer-
anzünder. Dieser hing an der Wand und
bestand innen aus einer kleinen Medizin-
flasche, gefüllt mit Benzin. Im Ver-
schlusskorken steckte ein Kupfer-
röhrchen, aus dem ein Docht ins Benzin
tunkte. Der Korken diente nicht nur als

Verschluss, sonder auch als elektrische Isolation beim Anzündvorgang.

Die Flasche diente zusätzlich als Transformator, war daher mit zwei Kupferdrähten umwickelt und steckte in einem hölzernen Gehäuse. Dieses hatte vorn einen Schlitz, rechts und links von diesem war je ein gezackter Metallstreifen angebracht, an denen die zwei Kupferdrähte endeten. Der Anfang der Drähte hing oben aus dem Kasten heraus und war mit einem Stecker verbunden, welcher bei Bedarf in eine darüberliegende Steckdose gesteckt wurde.

Zum Anzünden hielt man den Korken zwischen zwei Fingern und ratschte mit dem Röhrchen, welches den benzingetränkten Docht umgab, an den gezackten Metallstreifen entlang, was einen Kurzschluss verursachte. Die dabei entstehenden Funken entzündeten den Docht, mit welchem dann das Brennholz im Ofen und manchmal auch Zigaretten angezündet werden konnten.

Das Kratzen des Röhrchens entlang der Metallstreifen erzeugte im laufenden Radio, einem alten „Volksempfänger", äusserst störende Geräusche. Ausserdem war der ganze Vorgang nicht ganz ungefährlich und ein derartiger Eigenbau würde heute von den Behörden wohl nicht mehr toleriert werden.

Streichhölzer und Feuer haben eine magische Anziehungskraft für Kinder. Schon Wilhelm Busch hat deshalb bereits vor dem Spiel mit Feuer zu Recht im Hinblick auf böse Folgen gewarnt.

Ich hatte mich mit Freunden bei der Abfallgrube abseits des Dorfes verabredet, wo wir gerne auf offenem Feuer Kartoffeln rösteten. Uns fehlten aber die Streichhölzer. So kam ich auf die Idee, bei meinem Grossonkel Fritz das nötige Kleingeld zu besorgen. Der Onkel wohnte mit seinen beiden Schwestern, eine davon meine Grossmutter, bei Wirtsleuten in einem nahen Bauernhaus. Auf mein Klopfen antwortete niemand, aber ich trat trotzdem ein. Keiner schien zuhause zu sein. Onkel Fritz hatte ein eigentümliches Verhältnis zu Geld. Er wechselte, was von seiner kargen Rente übrig blieb, alles in Kleingeld um und hortete dieses in einer Blechschachtel, welche er im Schlafzimmer aufbewahrte. Mir war dies bekannt und ich nahm einen

Groschen (eine 10 Pfennig-Münze) heraus. Damit erstand ich im Krämerladen
eine Schachtel Streichhölzer.

Das dicke Ende kam dann prompt. Ich
hatte nicht damit gerechtet, dass Onkel
Fritz genau wusste, wieviel Kleingeld er
in der Schachtel aufbewahrte. Er muss
es wohl mehrmals am Tag gezählt haben.
Als ich heim kam, wurde ich als einzig
Infragekommender der Tat überführt
und mit einigen Ohrfeigen bestraft.

So nahm dann ein schöner Nachmittag
ein unschönes Ende.

Geldbörsenfalle

Die Ohrfeigen für meinen Griff in die Geldschachtel meines Grossonkels Fritz waren mir noch in guter Erinnerung. Bei Geld verstand Fritz absolut keinen Spass. Immer gab es Streitereien mit seinen Schwestern, wenn er von seiner kargen Rente für den Haushalt etwas abzweigen sollte. Eigentlich kam ich mit Fritz gut aus. Er war in seiner Kindheit durch eine Schilddrüsen-Erkrankung im Wachstum stehen geblieben und stotterte, wenn er sich aufregte, hatte aber ein ausgezeichnetes Gedächtnis.
Mit neun Jahren war ich schon grösser als er und deshalb redete ich ihn nur mit

seinem Vornamen an. Er ist über 80 Jahre alt geworden und hat mich immer als seinen Cousin bezeichnet.

Fritz rauchte Zigarren, hatte aber auch einen Tabakvorrat für Zigaretten. Mein Vater sorgte für den Tabaknachschub. Er baute Tabakblätter im Garten an. Die Blätter wurden nach der Reife getrocknet und von uns mit einer Handschere in feine Streifen geschnitten. Der Tabak kam dann in eine Blechschachtel, welche mein Vater abschloss. Er drehte daraus Zigaretten, eigentlich bestimmt für den Verkauf unter der Hand. Es kam aber nie zum Verkauf, da mein Vater alle Zigaretten vorher selbst rauchte.

Auf einem Jahrmarkt erstand ich einmal eine Tonpfeife, gefüllt mit Liebesperlen (kleine farbige Zuckerkugeln). Diese Pfeife stopfte ich mit Fritzens Tabak und rauchte sie in einem Versteck. Mir wurde danach hundsübel und ich überlegte, wie ich mich kurieren könnte. Auf unserem Esstisch stand ein frischgebackener Streuselkuchen und ich hatte das Gefühl, der Streusel würde mir gut tun. Nach einigem Probieren kam meine

Mutter ins Zimmer und sah, was ich angerichtet hatte. Durch das Streuselessen hatte sich mein Befinden allerdings nicht gebessert. Meine Mutter war deshalb nicht zu streng zu mir. Der Kuchen sah nicht mehr schön aus und ich war um eine Erfahrung reicher.

Nach vollständiger Genesung war ich doch ärgerlich, dass Fritz mir den Tabak auf meinen Wunsch überlassen hatte; musste er doch das Ergebnis im voraus geahnt haben.

So war zu überlegen, wie ich Fritz ärgern könnte. Er hatte die Gewohnheit, zu bestimmten Zeiten einen Spaziergang zu unternehmen. Sein Weg führte ihn an einer Hecke vorbei. Ich nahm also eine alte Geldbörse, befestigte daran einen langen Bindfaden und begab mich zum Fussweg neben der Hecke. Die Börse wurde auf dem Weg abgelegt und der Faden eingegraben. Hinter der Hecke legte ich mich auf die Lauer. Es dauerte nicht lange und Fritz kam daherspaziert. Er sah die Geldbörse, schaute nach allen Seiten, ob ihn jemand beobachtet und bückte sich, um die Börse aufzuheben. In diesem Moment zog ich an der Schnur und brachte die Börse ausser Fritzens Reichweite. Er sah mich natürlich fortrennen und schimpfte laut, konnte mir aber nicht so schnell folgen.

Dieser Vorfall hat nach kurzer Zeit unsere ganze Familie erheitert und hatte keine unangenehmen Folgen für mich. Mein Gerechtigkeitssinn war danach wieder hergestellt.

Stinkdose

An manchen Samstagabenden durften mein Bruder und ich auf der Kegelbahn im Dorfgasthof die Kegel aufstellen. Für diese Tätigkeit erhielten wir pro Abend je 50 Pfennige. Die Kugel prallte am Ende der hölzernen Bahn gegen eine hochgestellte, alte Matratze und wurde von uns auf die Rückrollbahn gehoben.
Im dunklen Vorraum stand eine grosse Schüssel mit Rollmöpsen, von denen wir uns heimlich bedienten. Wenn unser Vater mit Kegeln an der Reihe war, schubsten wir manchmal einen wackelnden Kegel, sodass dieser zum Schluss sicher umfiel. Unser Vater kegelte bei der

Meisterschaft, bei der er vorne lag, am Ende absichtlich daneben, denn er konnte sich das Fass Bier für die Klubmitglieder im Falle des Sieges nicht leisten.

Es war Spätsommer, die Äpfel- und Birnbäume rund ums Dorf waren dicht behängt. Hinter jedem Bauernhaus befand sich eine Wiese für den täglichen Viehauslauf. Ein Bach begrenzte die Wiesen zu den anderen Feldern. Dort standen die erwähnten Obstbäume.

Mein Freund Eckhard und ich machten uns wiedermal daran, von einem bestimmten Baum einige Äpfel zu stehlen. Die Sache war bisher immer gut verlaufen. Wenn der alte Bauer uns gewahr wurde, hatten wir genug Zeit zu verschwinden. Diesmal jedoch sah uns der erwachsene Sohn des Bauern. Statt die kleine Brücke zwischen Wiese und Feld zu benutzen, was ein Umweg gewesen wäre, rannte er direkt in unsere Richtung und sprang mit einem grossen Satz über den Bach. Wir konnten nur noch schnell zum Seitenzaun rennen, aber der Junior war uns dicht auf den Fersen. In meiner Hast versuchte ich, hinter meinem Freund zwischen den

Stacheldrähten auf das Nachbarfeld durchzuhechten. Dabei blieb ich mit dem rechten Oberschenkel im Stachel hängen, was eine beträchtliche Wunde zur Folge hatte. Als der Jungbauer uns eingeholt hatte und meine Verletzung sah, wurde von einer Prügelstrafe abgesehen. Ich trug eine kurze Hose, welche bis zu den Knien ging, deshalb konnte ich die Verletzung daheim verbergen. Noch heute erinnert mich eine Narbe an diesen Vorfall. Mein Freund und ich gaben natürlich dem Jungbauern die Schuld an der Misere und wir dachten an Rache.

Wir hatten bald eine Idee und besorgten uns aus der Abfallgrube eine Konservendose mit verdorbenem Fleischinhalt.

Am Sonntagvormittag gingen die Bauersleute gewöhnlich in die Kirche. Beim Bauernhaus des Jungbauern war auch niemand zu sehen. Eckhard hatte sich mit dem Luftgewehr seines Vaters bewaffnet. Ich stellte die Dose auf das Fensterbrett eines geöffneten Fensters im Erdgeschoss. Mit dem Luftgewehr wurde dann aus sicherer Entfernung auf die Dosenseite geschossen, bis ein Loch entstand und ein stinkender Strahl seitlich

in das Zimmer spritzte. Wir fühlten uns
als Helden und machten uns aus dem
Staube.

Unvorstellbar, was uns „geblüht" hätte,
wären wir bei dieser Missetat erwischt
worden.

Feuerwehrübung

Die Grundschule war mit der vierten Klasse abgeschlossen und die Prüfung zur Aufnahme ins städtische Gymnasium bestanden. Der Schulweg dorthin war lang und beschwerlich. Frühmorgens zu Fuss ins Nachbardorf zum Bahnhof, von dort 20 km mit der Bahn in die Stadt. Dann ein 20-minütiger Fussmarsch durch die im Krieg zu 80% zerbombte Innenstadt zum Schulgebäude. Weckzeit war 6 Uhr früh und jeweils gegen halb drei Uhr nachmittags traf ich wieder zu-hause ein. Für einen 10-jährigen eine ganz schöne Anstrengung. Die Schule kostete pro Monat 15 Mark. Die Bahn konnte ich gratis benutzen, da mein Vater bei der Bundesbahn arbeitete. Glücklicherweise zogen wir ein Jahr später in die Stadt um. Dort fuhr ich mit dem Fahrrad meines Vaters in dreissig Minuten bis zur Schule. Dies bei jedem Wetter, auch im Winter.

Eine unvergessliche Begebenheit ereignete sich im ersten Jahr meiner Schulzeit im Gymnasium. Im Fussballtoto gewann ich 304 Mark und 45 Pfennige. Später wurde das Toto-Reglement mit dem Hinweis ergänzt, dass Personen unter 18 Jahren nicht mitspielen dürfen. Ich kann mich nicht mehr entsinnen, woher die 50 Pfennige für den Tip stammten und wer mir den Auftrag gab zu tippen. Bei einem Wochenlohn von 50 D-Mark für meinen Vater war dieser Gewinn natürlich ein hochwillkommener Zuschuss an unsere Haushaltskasse. Von dem gewonnenen Geld fiel für mich ein langersehntes schönes Lederetui für die Schule ab mit Stiften, Radiergummi, Spitzer und Lineal. Wir lebten immer noch im Mansardenzimmer unter dem Dach im 2. Stock, erhielten aber später von den Wirtsleuten zusätzlich ein Kinderzimmer im 1. Stock.

Dieses lag neben dem Treppenabsatz nahe der Wohnung der Wirtsleute. Samstagabends hörten wir, mein Bruder Klaus und ich, Klaviermusik aus dem Bierlokal im Parterre. Die Melodien von „La Paloma" und „Wenn die Sonne auf Capri..." klingen mir heute noch im Ohr und erinnern mich an jene Zeit.

Im Winter trug mich mein Vater zum Schlafen von der Mansarde ins Kinderzimmer, unter dem Arm einen heissen Ziegelstein zum Wärmen des kalten Bettes. Die Tür wurde dann von aussen verschlossen bis zum nächsten Morgen. Heute noch ein Horror für mich bei der Vorstellung, eingeschlossen zu werden.

Zu Weihnachten schenkte mein Vater meinem Bruder und mir jeweils schön dekorierte, selbstgefertigte Pfefferkuchenhäuschen. Diese standen dann noch lange im Kinderzimmer und dufteten vor sich hin, bis alles verspeist war.

Mit meinem 2 ½ Jahre älteren Bruder Klaus kam es nicht oft vor, dass wir zusammen spielten. Jeder hatte seine gleichaltrigen Freunde. Nur bei besonderen Gelegenheiten wie Samstagabend, wenn der Sohn vom Schmied ein paar grosse Sprengnieten organisierte, waren wir alle zusammen. Mit einem Vorschlaghammer wurde auf die mit Sprengstoff gefüllten Nieten gehauen, dass es laut krachte.

Einmal hatte Klaus den Auftrag, vor dem Heimkommen meiner Eltern, Kartoffeln abzukochen. Um Geld zu sparen, kochte er diese im Kinderzimmer. Der Strom dort ging über den Zähler der Wirtsleute. Während der Kochaufsicht hörte er unseren Spiellärm von draussen, gesellte sich zu uns und vergass Zeit und Kartoffeln.

Wir spielten Feuerwehr. Aus der Bodenkammer unserer Wirtsleute hatte ich heimlich einen alten Feuerwehrhelm beschafft. Diese Kammer barg viele Schätze. Schon einmal hatte ich mich durch die Latten der Kammerwand gezwängt und nahm damals eine Schachtel mit einer kompletten Kinderpost mit. Diesmal war der Helm dran.

Ein Leiterwagen diente als Feuerwehrauto. Unser „Kommandant" mit dem Helm auf dem Kopf sass im Leiterwagen und wir zogen diesen mit lautem Geschrei durch die Gegend.

Derweil kochten die Kartoffeln, das Wasser verdunstete und bald stank das ganze Haus nach angebrannten Kartoffeln. Die übrigen Bewohner des Hauses folgten bald diesem Gestank und versammelten sich vor unserer verschlossenen Kinderzimmertür. Zum Glück kam gerade meine Mutter heim. Sie schloss die Tür auf und konnte noch rechtzeitig einen grösseren Schaden verhindern. Nach einigen hitzigen Diskussionen mit den Nachbarn war für diese die Sache erledigt.

Alle Hausparteien hatten einiges auf dem Kerbholz, da war es eher ratsam, andere nicht zur Rechenschaft zu ziehen und daher kam mein Bruder diesmal mit einem blauen Auge davon.

Meine Mutter ahnte auch, woher der Feuerwehr-Helm stammte und ich musste diesen zurückbringen, ehe unsere Wirtsleute der Sache gewahr wurden.

Brandstifter

Der 2. Weltkrieg war noch nicht zu Ende. Unsere Familie lebte damals in der Nähe des Riesengebirges in Schlesien. Mein Vater war schon seit Kriegsbeginn an verschiedenen Fronten als Waffen-meister bei der Panzer-Reparatur ein-gesetzt.

Mein Vater
1905 – 1959

Foto aufgenommen
1940 in Frankreich

Unsere Gegend war zum Glück bis zum Kriegsende von Kämpfen verschont geblieben.
In unserer Nähe gab es ein Lager mit russischen Kriegsgefangenen, welche versuchten, ihr karges Dasein mit dem

Basteln von Kinderspielzeug zu verbessern. Sie versuchten, diese Sachen gegen Kartoffeln oder sonstige Esswaren einzutauschen. Als 4-jähriger verstand ich damals natürlich nicht die Zusammenhänge.

Wir wohnten am Rande des Ortes in einem kleinen, neueren Mehrfamilienhaus im Parterre. Mein Urgrossvater (siehe Foto im Nachwort) genannt „Piepopa", weil er einen Kanarienvogel hielt, starb bereits vor meiner Geburt. Er war Zigarrenfabrikant und bis zur Inflation nach dem 1. Weltkrieg der reichste Mann im Ort. Das Vermögen ging leider durch die Inflation verloren.

Kurz vor Ende des 2. Weltkrieges rückte die Ostfront näher zu uns. Teile der russischen Armee rollten auf ihrem Weg nach Berlin auch Tag und Nacht durch unseren Ort. Wir sassen tagelang im Keller und durften nicht ins Freie. Jeder, der sich draussen blicken liess, wurde erschossen. Die Leichen durften nicht entfernt werden und lagen die längste Zeit am Strassenrand. Manche NS-Partei-Mitglieder begingen aus Angst vor den Russen Selbstmord. Die Zeit, welche wir im Keller verbringen mussten, hat bei mir Spuren hinterlassen. Betrete ich fremde, grosse Gebäude, halte ich immer nach dem Notausgang Ausschau.

Als wir den Keller wieder verlassen durften, trafen einige meiner Verwandten gewisse Vorsichtsmassnahmen. Sie gingen mit meiner Mutter und mir in den nahen Wald, wo wir die in Einmachgläser verschlossenen Wertsachen und Sparbücher vergruben. Die ganze Bevölkerung musste nach dem Krieg Schlesien verlassen, ohne Gelegenheit zu finden, die versteckten Wertsachen zurückzuholen.

Bei der Ausreise in Viehwaggons durfte pro Person nur soviel mitgenommen werden, wie getragen werden konnte. Alle Wertsachen wurden bei deren Entdeckung konfisziert. Das eine Jahr zwischen Kriegsende und Ausweisung kamen wir - meine Mutter, mein Bruder Klaus und ich - bei meiner Oma im selben Ort in ihrer 2-Zimmer-Wohnung unter. Unsere eigene schöne Wohnung mussten wir eines Tages innerhalb von zehn Minuten, ohne Vorwarnung, nur mit dem, was wir auf dem Leibe trugen, verlassen. Es zogen viele Polen in unseren Ort, welche selbst Jahre zuvor von den Russen aus Ostpolen vertrieben worden waren. Es war eine hektische Zeit voller Missverständnisse und auch Plünderungen.

Eine meiner Grosstanten betrieb mit ihrem Mann bis zum Ende des Krieges einen kleinen Bauernhof. Auf diesem war ich kein gerngesehener Gast, da ich immer in die Futternäpfe der Enten pinkelte.

Nicht weit von unserer Wohnung befand sich ein kleiner Kolonialwarenladen. Wenn ich mit meiner Mutter einkaufen ging, schlug beim Eintreten in den Laden eine kleine Türglocke an und die Ladenbesitzerin kam aus der darüberliegenden Wohnung die Treppe herunter, um uns zu bedienen. Sehr selten waren mehrere Kunden gleichzeitig anwesend. Mir fiel auf, dass in einem Regal in Griffhöhe grosse Packungen mit Streichholzschachteln lagen. Diese Kenntnis nutzte ich im Spätsommer aus, um unbemerkt an Streichhölzer zu kommen. Ich betrat einmal allein den Laden, griff mir eine Packung und rannte davon, ehe die Ladenbesitzerin die Treppe herunterkam.

Welcher kleine Junge spielt nicht gern mit Streichhölzern! Ich machte da keine Ausnahme.

Auch das Verbotene meiner anschliessenden Tat war mir bewusst, deshalb ging ich allein in ein Getreidefeld und liess keinen Freund an meinem heimlichen Tun teilhaben.

Da sass ich nun, zündete ein Streichholz nach dem andern an und hielt die Flamme auch an die nicht zu engstehenden Halme. Zum Glück wollten diese nicht so recht brennen und ich verlor nach einiger Zeit die Lust am Weitermachen.

Meine Mutter hatte von alldem nichts bemerkt; ich habe ihr später auch nie davon erzählt.

Hat's noch Milch ?

Unser Umzug vom Dorf in die Stadt fand im Sommer 1951 statt. Von einer Ein-Zimmer-Mansarde mit Aussen-Plumpsklo in ein neu erbautes Mehrfamilienhaus. Endlich ein menschenwürdiges Dasein!
Auch ein Schreber-Garten kam dazu, was natürlich für meinen Bruder Klaus und mich mehr Arbeit bedeutete. Mein Vater entschied sich, ein Häuschen aus Ziegelsteinen im Garten zu bauen. So mussten Klaus und ich losziehen und Ziegel sammeln. Die Stadt war im Krieg massiv zerbombt worden. Der Schutt wurde später mit Lastwagen abtransportiert und ausserhalb der Stadt auf grosse

Halden gekippt. Dort sammelten wir nach der Schule die noch brauchbaren Ziegelsteine gleicher Grösse. Unser Fahrradanhänger war nicht sehr stabil; luden wir mehr als 20 Steine, knickten die Räder ein. Es ist leicht auszurechnen, wie oft wir den Anhänger die 3 km Strecke von der Halde bis zum Garten schoben, bis wir die benötigte Menge von mehr als 2000 Steinen zusammen hatten.

Im Garten klopften wir den noch anhaftenden Mörtel sauber ab und stapelten die Steine. Noch heute besitze ich den von meinem Vater zu diesem Zweck hergestellten Abklopfhammer. Ein Jahr später startete der Gartenhausbau.

Das Häuschen bestand aus einem kleinen Aufenthaltsraum mit Fenster, einem Anbau für Werkzeuge und Trockenklo und einem Lagerplatz under dem Dach. Klaus und ich verputzten in den Sommerferien die Innen- und Aussenwände mit selbstangerührtem Putz, bestehend aus Sand, Zement und Schlemmkreide.

Auch den Gartendünger mussten wir beschaffen.

Auf dem nahen Golfplatz weideten manchmal Schafe. Wir stiegen dann über den Zaun und sammelten die Köttel in einen Eimer. Schlimmer war das Sammeln von Pferdeäpfeln von den Strassen. Ich hatte immer höllische Angst davor, dass mich ein Schulkollege aus dem Gymnasium dabei beobachten und mich dann in der Schule lächerlich machen könnte.

Später, als beide Eltern berufstätig und Klaus bereits in der Lehre waren, musste ich den Einkauf der Lebensmittel besorgen.

In der Nähe gabe es einen Kolonialwarenladen mit Milchabteilung. Diese wurde von einem Lehrling namens Dieter betreut. Damals gab es noch keine Kasse am Ausgang. Der Laden war meist ziemlich voll und jeder drängelte, um bedient zu werden. Mein Vorteil war, dass ich mit knapp 14 Jahren schon einsachtzig gross war. Ich stand also in der 3. Reihe, streckte meinen Arm mit der Milchkanne über alle vor mir Stehenden in Richtung Tresen, schaute Dieter an und sagte: „Hat's noch Milch? - dann bitte 2 Liter!"

Dieter wurde mit der Zeit ein guter Freund und hat mir immer gute Tips gegeben. Ein besonders erwähnenswerter war die Warnung, kein offenes Sauerkraut vom Ladenfass zu kaufen. Auf mein fragendes Gesicht sagte Dieter nur trocken: „Der Ladenbesitzer rubbelt sich immer daran seine schmutzigen Hände sauber". Es hatte noch weitere Vorteile, einen Freund hinter der Ladentheke zu haben. Manchmal wurde nämlich beim Einkauf eine Tafel Schokolade oder eine Flasche Likör nicht verrechnet, wenn ich von Dieter bedient wurde.

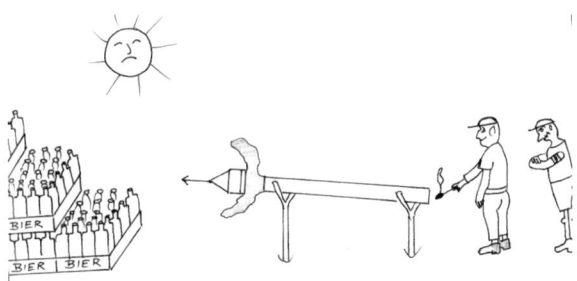

Scherbenhaufen

Samstags war unser Gymnasium jeweils geschlossen. Oekonomische Gründe waren ausschlaggebend für diesen Entscheid der Schulbehörde. An Heizkosten und Strom musste gespart werden. Dies führte dazu, dass wir Schüler über das Wochenende eine Menge Hausaufgaben erhielten.

Da der Samstag für die Mithilfe in Haus und Garten vorgesehen war, blieb dann meist nur der Sonntag für die Erledigung der Schularbeiten übrig. Eine spezielle Arbeit war das Sammeln von Sägespänen in den umliegenden Tischlereien. Die

Späne dienten zur Befeuerung des speziell von meinem Vater angefertigten Ofenaufsatzes. Eine Füllung brannte maximal 8 Stunden. In der kalten Jahreszeit musste dieser Aufsatz jeden Tag vom Vorrat im Keller gestopft werden.

Auch die Mithilfe beim monatlichen Waschtag war eine ungeliebte Arbeit. Unsere Wannen wurden vom Dachbodenabteil in die von 10 Parteien nacheinander benutzte Waschküche geschafft und das Feuer unter dem grossen Waschkessel entfacht. Die Wäsche wurde darin gekocht und jede Füllung 100-mal gestampft. Meine Mutter beobachtete dabei genau, dass wir diese Anzahl einhielten. Anschliessend wurde die Wäsche in den Wannen gespült, von Hand ausgewrungen und je nach Wetter im Hof oder auf dem Dachboden zum Trocknen aufgehängt.

Mit der Zeit liessen meine Schulnoten nach, da die Hausaufgaben in Verzug gerieten. Zu Weihnachten kam dann der gefürchtete „blaue Brief" vom Gymnasium mit dem Hinweis an meine Eltern:

„Die Versetzung Ihres Sohnes in die nächste Klasse ist gefährdet".
So wurde beschlossen, in die letzte Klasse der Volksschule zu wechseln. Die Ansprüche in dieser Schule waren weitaus niedriger, was bei geringem Einsatz meinerseits trotzdem ein ausgezeichnetes Abschlusszeugnis zur Folge hatte. Mit diesem gab es keine Mühe, eine gute Lehrstelle im technischen Bereich einer grösseren Fahrzeugbau-Firma zu finden.
Die Grundausbildung absolvierte ich in der Lehrlingswerkstatt. Die weitere Ausbildung bis Ende des 1. Lehrjahres erfolgte in verschiedenen Produktions-Werkstätten.
Während meiner Zeit in der Schweisserei hatten mein Vorarbeiter und ich einmal den Auftrag, auf dem hinteren Werksgelände im Freien Rohre zu schweissen. Wir rollten den Gasflaschenwagen zu dieser Stelle und erledigten die Arbeit. Mein Vorarbeiter war ein jüngerer Mann, der mir zeigen wollte, was man auch sonst noch mit Schweissen bewerkstelligen kann.

Erst wurde ein langes, gerades Stahlrohr ausgewählt. Von einem anderen Rohr, welches im Durchmesser über das lange Rohr passte, brannte der Vorarbeiter ein Stück ab und schweisste einen Deckel an das eine Ende. Diese fertige Hülse stülpte er vorn über das lange Rohr. Ich schaute in der Zwischenzeit mit grossem Interesse seiner Arbeit zu.

Wir befanden uns ziemlich am Ende des Werkgeländes. Ein Zaun begrenzte unseren Platz zum Nachbargelände, einer Brauerei. In unserer Sichtweite befand sich ein grosses Flaschenlager, hoch aufgetürmte Kisten mit leeren Bierflaschen. Das lange Rohr mit der am vorderen Ende befindlichen Hülse wurde sorgfältig auf dieses „Ziel" gerichtet und sichergestellt, dass sich keine anderen Personen in Sichtweite befanden. Dann wurde das Rohr von hinten mit Gas gefüllt und dieses mit einer langen Lunte gezündet.

Das Ergebnis war beeindruckend. Mit einem lauten Knall flog die Hülse in das Flaschenlager und richtete beträchtlichen Schaden an. Wir machten uns daraufhin schleunigst aus dem Staube.

Die spitzbübische Freude über unser Tun war bald der Ernüchterung gewichen: Beim Erwischtwerden hätte dies das Ende meines Lehrverhältnisses bedeutet.

Ewige Essenmarke

Heute würde man keinem 14-jährigen Knaben mehr abverlangen, was uns damals in diesem Alter zugemutet wurde.

Die Arbeitswoche am Anfang meiner Lehre betrug 6 Tage und insgesamt 48 Arbeitsstunden. Erst ein Jahr nach Lehranfang trat das neue Jugendschutzgesetz in Kraft. Zuerst wurde die Arbeitszeit auf 40 Stunden je Woche reduziert und dann fiel der Samstag als Arbeitstag weg. Eine spürbare Erleichterung.

Wir Lehrlinge erhielten monatlich eine sogenannte Erziehungs-Beihilfe, welche den Eltern zustand. Die Beihilfe betrug im ersten Lehrjahr 45.-, im zweiten 55.- und im dritten Jahr 65 D-Mark. Ein

Facharbeiter verdiente damals ungefähr 400 D-Mark pro Monat.

Meine Eltern waren grosszügig. Ich musste von meiner Beihilfe nichts zum Haushalt beisteuern; das Geld kam jedoch in eine Kasse und wurde von meinen Eltern überwacht. Als Taschen-geld bekam ich davon im 1. Lehrjahr eine D-Mark pro Woche. Das ersparte Geld konnte ich mit Einverständnis meiner Eltern für besonders erwünschte Sachen ausgeben: Mal ein Paar Jeans, genannt Nietenhosen oder ein Hawaii-Hemd. Hauptsächlich sparte ich aber für Urlaubs-Reisen. So konnte ich im ersten Lehrjahr zu Verwandten in die damalige DDR, im 2. Jahr mit der Eisenbahn und dem Fahrrad in die Schweiz und im dritten Lehrjahr wiederum mit Bahn und Fahrrad nach Skandinavien fahren.

Die eine Mark Taschengeld pro Woche im 1. Lehrjahr reichte natürlich bei weitem nicht aus für die kleinen Freuden des Lebens. So überlegte ich, wie ich ohne grosse Anstrengung mein Taschengeld aufbessern könnte.

Die Lehrlinge und Arbeitnehmer in unserer Firma hatten die Möglichkeit, in der

Werks-Kantine mittags zu essen. Das Mittagessen kostete 50 Pfennige, was ich jeweils von meiner „Erziehungs-Beihilfe" hätte bezahlen müssen. Man bezog für eine Woche die nötigen Essenmarken. Diese waren auf einen Streifen gedruckt und zum Abreissen perforiert. Glücklicherweise trugen sie weder Datum noch Wochentag als Vermerk.

Gegessen wurde aus Platzgründen in 3 Schichten. In Erinnerung sind mir noch die verschiedenen Gerüche beim Betreten der Kantine. Besonders eindrucksvoll war der Geruch beim Niereneintopf-Tag. Das ganze Gebäude stank wie ein Pissoir. Auch das Benehmen einzelner Tischgenossen liess zu wünschen übrig. Gab es Eier in Senfsauce, wobei für jeden Gast 2 Eier vorgesehen waren, fischten einige aus dem Topf, welcher zur Selbstbedienung auf dem Tisch stand, mit der Kelle mehr Eier heraus als ihnen zustanden. Die letzten Gäste konnten sich dann nur noch die Senfsauce über die Kartoffeln giessen.

Ich kaufte also nur einmal Essenmarken für eine Woche und begab mich jeweils zwischen zwei Essens-Schichten in die

Kantine. Das Bedienungs-Personal wusste dann nie genau, ob ich am Kommen oder Gehen war und ob ich die Marke schon zum Einsammeln auf den Tisch gelegt hatte.

So besserte ich, von meinen Eltern unbemerkt, fast über die ganze Lehrzeit mein Taschengeld um 2 Mark 50 je Woche auf und behielt die ersten gekauften Essen-Marken nur für den Notfall in meiner Tasche.

Wasserleitung-Musik

In dem grossen Neubau, in welchen wir 1951 einzogen, gab es noch kein fliessend warmes Wasser. Der Küchenabwasch war darum mühselig. Das zum Teil fettige Essen hinterliess auf dem Geschirr entsprechende Spuren, Wasser für den Abwasch musste erst auf dem Gasherd erhitzt werden. Abwaschmaschinen waren noch unbekannt; wir hätten uns diese auch nicht leisten können. Komfortabler wurde es erst, als mein Vater einen elektrischen Wasserkocher über dem Küchenbecken installierte.

Bevor die Badewanne mit warmem Wasser gefüllt werden konnte, musste der Badeofen mit Briketts aufgeheizt werden.

Während ich mit Heizen beschäftigt war, vertrieb ich mir die Zeit mit Singen von Seemanns-Liedern. Meine Mutter fand meinen Gesang schön und hoffte auf eine spätere Karriere für mich in diesem Bereich.

Wenn Milchreis vorbereitet und zum Warmhalten in ein Bett gestellt wurde, war es wiedermal soweit: Der monatliche Waschtag begann und zog sich über 2 Tage hin. Der Ablauf dieser Waschtage ist bereits in einer anderen Erzählung beschrieben worden. Damit der monatliche Wäscheberg nicht zu gross wurde, konnten wir nur einmal pro Woche die Wäsche wechseln.

Beim Aufhängen der Wäsche draussen oder im Dachgeschoss benutzte jede Familie ihre eigene Wäscheleine. Es wäre einfacher gewesen, eine einzige Leine einfach hängen zu lassen; die Beteiligten konnten sich jedoch für diesen Vorschlag von mir nicht begeistern.

Vor der Übergabe der Waschküche an die nächste Partei musste alles sauber geputzt werden. Ich machte mir diese mir zugeteilte Arbeit leicht. Mit einem Schlauch spritzte ich Unmengen von Wasser in Ofen, Wannen und über den Boden. Beim Betätigen des Wasserhahnes fing die Zuleitung an zu vibrieren und erzeugte im ganzen Haus einen klingenden Ton. Dieser variierte je nach Durchflussmenge. Ich fand dies äusserst beeindruckend und spielte mit dem Hahn über einen längeren Zeitraum. Plötzlich flog die Waschküchentür auf und mein Vater stürmte herein. Er sah sofort, wer der Verursacher dieses „Konzertes" war und gab mir ein paar Ohrfeigen. Auf meinen Protest hin sagte mein Vater, ich hätte diese sowieso verdient, denn er hätte mich im Verdacht, seine Holzlatschen im Wäscheofen verbrannt zu haben.

Mit dem schnellen Bestrafen hatte es eine besondere Bewandtnis. Gab mir mein Vater nach einer meiner Untaten keine Ohrfeige, ging es schlimmer für mich aus, denn er sagte dann nur: „Du kannst alle geplanten Aktivitäten am nächsten

Wochenende streichen". Mir war also eine Ohrfeige lieber als Stubenarrest.

Manchmal versuchte ich, durch besonderes Wohlverhalten zuhause ein „Guthaben" zum Ausgleich zukünftiger Missetaten aufzubauen, um später einmal glimpflicher davonzukommen. Dazu übernahm ich freiwillig zusätzliche Arbeiten wie Fussboden bohnern oder Schuhe putzen. Eine meiner Meinung nach besonders gute Tat hat mir von meiner Mutter jedoch nur unverdiente Schelte eingebracht.

Als meine Eltern einmal ein paar Tage abwesend waren, räumte ich den kleinen Vorrats-Raum neben der Küchen-Niesche aus. Alle Gefässe mit Speiseresten, Backwaren, alle vollen und halbvollen Tüten mit Mehl, Zucker und anderen Lebensmitteln nahm ich vorher aus den Gestellen. Nach dem Weisseln der Wände, dem Reinigen der Gestelle, dem Wegwerfen von meiner Ansicht nach Verdorbenem und dem Zusammenkippen halbgefüllter Tüten gleichen Inhalts sah die Speise-Kammer perfekt aus, gleichzeitig natürlich auch leerer als vorher.

Nach der Rückkehr meiner Eltern tadelte mich meine Mutter mit dem Vorwurf, ich hätte zuviel fortgeworfen. Viel später haben wir, beim Wiedererwähnen dieses Vorfalles, alle herzlich darüber gelacht und doch war meine Mutter immer davon überzeugt, dass sie damals recht hatte.

Hochseefähre „Deutschland"

Gratisfähre

Als 16-jähriger plante ich für die Sommerferien eine Fahrrad-Tour nach Skandinavien. Nachdem ich die vorhergehenden zwei Jahre jeweils allein in den Ferien in der DDR und der Schweiz unterwegs war, durfte diesmal mein Freund Manne mit Erlaubnis seiner Eltern mitkommen. Er hatte 80 und ich 100 D-Mark für die vierwöchige Reise gespart. Die Fahrräder besassen wir bereits seit zwei Jahren.

So machten wir uns also auf unseren Weg in die Sommerferien. Unsere beiden Väter arbeiteten bei der Bundesbahn, deshalb konnten wir die Bahn bis zur Landesgrenze umsonst benutzen.

Unsere Reise führte uns zuerst mit dem Zug über Kiel nach Grossenbrode. Von dort mit dem Schiff nach Gedser in Dänemark und dann in einem Tag mit dem Fahrrad nach Kopenhagen. Nach dieser 150-km-Fahrt sind wir abends noch ins TIVOLI-Vergnügungs-Center gegangen.

Übernachtet haben wir auf unserer Reise jeweils in Jugend-Herbergen.

Ab Kopenhagen ging es weiter nach Helsingör und von dort aus mit dem Schiff nach Hälsingborg in Schweden. Ab da radelten wir weiter nach Göteborg, wo wir für einige Tage in einer Jugendherberge unterkamen.

Unsere Nahrung bestand hauptsächlich aus Cornflakes und Milch sowie hin und wieder einem Fisch aus der Büchse. Von zuhause hatte ich mir eine Büchse Malzkaffee mitgenommen, welche zum Schluss noch einen getrockneten Rest enthielt. Diesen wollte ich mit heissem Wasser ausspülen und bespritzte aus

Versehen Manne. Er wurde ärgerlich und schimpfte mit mir.

Um Manne auf andere Gedanken zu bringen, schlug ich vor, für zwei Tage allein an den Ort zurückzufahren, wo ich am Vortag ein hübsches Schwedenmädchen getroffen hatte.

Die je 80 km lange Hin- & Rückfahrt war jedoch umsonst, denn ich traf das Mädchen leider nicht mehr an. Dafür fing ich mir einen tüchtigen Sonnenbrand auf beiden Armen ein, welcher an Ort und Stelle verarztet werden musste.

Manne freute sich sehr über meine Rückkehr und fütterte mich ein paar Tage lang, da ich die verbundenen Arme nicht biegen konnte.

Ab Göteborg ging es mit der Fähre weiter nach Frederikshaven an die Nordspitze von Dänemarks Festland.

Dort trafen wir zwei hübsche Däninnen, welche auch in gleicher Richtung wie wir mit dem Fahrrad unterwegs waren und somit verbrachten wir die folgenden zwei Wochen mit ihnen.

Die Ferien neigten sich langsam dem Ende zu und wir kamen in Flensburg an, wo wir in den Zug Richtung Heimatort stiegen.
Von meinem Feriengeld hatte ich mir ein dänisches 2-Kronen-Stück zurückbehalten; damaliger Wert: ca. 1 Mark 60.

Diese Münze wollte ich unbedingt als Andenken behalten und hatte dafür schon einen Tag lang gehungert. In unserem Zugsabteil sass auch eine Familie mit Kindern. Als diese belegte Brote auspackten und assen, lief mir das Wasser im Mund zusammen. Zum Schluss verteilte die Mutter noch Bonbons an ihre Kinder und bot auch uns davon an. Ich hätte aber lieber ein Stück Brot gehabt und verzichtete auf die Süssigkeiten.

Wie es dazu kam, dass uns die Fähre von Grossenbrode nach Gedser nichts gekostet hat, ist erwähnenswert.

Unsere Freifahrkahrten waren bis an die deutsche Grenze in Grossenbrode ausgestellt. Wir hätten den Skandinavien-Express in Kiel verlassen und in den Bummelzug nach Grossenbrode umsteigen müssen, blieben jedoch, ohne gültige Fahrkahrte, im Express sitzen.

Bevor der Zug auf die Fähre fuhr, wurden vom Schaffner die Waggon-Türen abgeschlossen, damit niemand zusteigen konnte. Wir hatten keine Fahrkarte für die Fähre, konnten aber auch den Zug nicht mehr verlassen. Durch das Abteil-Fenster sahen wir noch, wie unsere Fahrräder auf einem Elektro-Karren über den Bahnsteig gefahren wurden.

In Gedser angekommen, kontrollierten die Zöllner nach unserem Verlassen der Fähre, nur die Pässe. Auf dem Bahnhof wollten wir unsere Fahrräder abholen; wie sich aber herausstellte, waren diese in Grossenbrode ausgeladen worden.

Es war die letzte Fähre des Tages und wir baten den Bahnhofs-Vorstand um Hilfe. Ohne nach Pass und Fahrkarte zu fragen, telefonierte der gute Mann nach Grossenbrode und arrangierte den Transport unserer Räder für den nächsten Morgen. Er liess uns sogar im Warteraum übernachten und verschloss zu unserer Sicherheit die Eingangstür.

Nach einer Nacht auf harten Bänken und der Ankunft unserer Fahrräder am frühen Morgen konnten wir, wie bereits erwähnt, unsere Radfahrt nach Kopenhagen antreten.

Hätten wir die Fähre bezahlen müssen, wäre uns das Geld schon vor unserem Ferienende ausgegangen.

Lange Leitung

Mein erstes Lehrjahr in den verschiedenen Werkstätten meiner Lehr-
firma ging zu Ende. Die folgenden zwei
Jahre bis zum Ende meiner Lehrzeit ver-
brachte ich im Konstruktions-Büro. Der
Abteilungsleiter wurde mit Herr Direk-
tor angeredet. Eine bestimmte Kleider-
ordnung war üblich. Alle Ange-stellten
trugen Schlips und Kragen, aber nur ab
Gruppen-Chef waren Anzüge erlaubt. Alle
unteren Ränge trugen weisse Kittel.
Ich wurde einem strengen Konstrukteur
zugeteilt. Zeichnungen ändern oder neu
anfertigen, Kopien besorgen und Telefon-
Bedienung waren meine Aufgaben. In der

sogenannten Pauserei, wo Kopien von technischen Zeichnungen gezogen wurden, stand eine Lichtbogen-Kopiermaschine. Bei der Herstellung gewisser Kopien wurde auch eine Salmiaklösung verwendet, welche einem fast den Atem nahm.

Das Konstruktions-Büro befand sich im obersten Stock eines Flachdach-Gebäudes. Auf dem Dach befand sich eine nicht mehr benutzte Kopier-Anlage, welche mit Sonnenlicht betrieben worden war.

Im Grossbüro, wo unsere Abteilung untergebracht war, wurde noch geraucht und selbst während der Arbeitszeit Bier getrunken, welches man aus der Kantine besorgen konnte. Es war auch üblich, dass bei Geburtstagen vom Geburtstagskind eine Runde Bier ausgegeben wurde. Ich trank damals in der Frühstückspause noch Milch und hatte einige Mühe mit dem Bier, welches auch mir als Lehrling zustand. Mit der Zeit gewöhnte ich mich aber daran und liebe es noch heute.

An einem Tag in der Woche ging ich zur Berufsschule. In unserer Abteilung befand sich noch ein zweiter Lehrling namens Fred, mit dem ich mich anfreundete. Uns beiden wurde erlaubt, nach Feierabend unsere Zeichnungsbretter am Arbeitsplatz für das Anfertigen von Schulaufgaben zu benutzen. Es waren dann ausser uns keine anderen Personen mehr im Büro und wir kamen dann manchmal auch auf dumme Ideen.

Einmal nach Fertigstellung der Zeichnungen für die Schule gingen wir in das Büro des Direktors. Dort stand ein grosser Drehstuhl mit Armlehnen - ein wahres Monstrum. Fred setzte sich auf den Stuhl, streckte die Beine geradeaus und hielt sich an den Lehnen fest. Ich gab Freds Beinen einen kräftigen Schwung, sodass sich der Stuhl um die eigene Achse drehte. Zum Schluss verlor Fred aber die Balance und kippte mit dem Stuhl um. Dieser zerfiel durch den Sturz in verschiedene Einzelteile. Unser Schreck war gross; wir fügten die Teile wieder zusammen und hofften sehr, nicht als Verursacher des Schadens ausgemacht zu werden. Offensichtlich war aber der Drehstuhl vorher bereits etwas wacklig, sodass am nächsten Tag kein Verdacht auf eine Übeltäterei aufkam.

Mit dem Telefonieren hatte es auch eine besondere Bewandtnis. Die damaligen Telefone waren noch mit Wählscheiben ausgerüstet. Diese wurden nach Feierabend mit einem Steckschloss abgeschlossen und somit blockiert. Während der Arbeitszeit war das private Telefonieren verboten und nach Feierabend sollte durch diese Massnahme das Telefonieren ganz verhindert werden. Wir fanden jedoch heraus, wie sich die Sperre umgehen lässt. Statt zum Anrufen eine Nummer mit der Scheibe zu wählen, konnte man dazu auch die Telefongabel benutzen, auf welcher der Hörer auflag. Wir nahmen also den Hörer von der Gabel und tippten mittels dieser eine Telefon-Nummer ein. Man konnte also bestimmte Nummern wählen, indem man einfach entsprechend oft auf die Gabel drückte.

Wir machten uns nach Feierabend manchmal den Spass, irgendeine Nummer anzuwählen. Meldete sich jemand am anderen Ende, gaben wir vor, vom Störungs-Dienst zu sein. Wir wiesen darauf hin, dass eine Störung vorliegen müsse, welche an der Zuleitung des angewählten

Telefons zwischen Wand-Dose und Telefon liegen könnte und baten darum, die Länge der Leitung zu messen. Wurde dann schlussendlich die Länge bekanntgegeben, sagten wir nur: „Sie haben aber eine lange Leitung", lachten laut und legten auf.

Schaumschlägerei

Ich muss zugeben, dass die Idee zu diesem Unfug nicht meiner Phantasie entsprungen, sondern als Studentenulk seit geraumer Zeit bekannt war.

Die Sommerferien hatten bereits begonnen und es war passendes Wetter für eine weitere Schelmerei. Das Ziel war schnell ausgemacht: der „Etagenbrunnen" auf dem Marktplatz in der Mitte der Stadt.

Mein Freund Manne war begeistert von meiner Idee und so wurde rechtzeitig aus der Gemeinschafts-Waschküche das benötigte Waschpulver organisiert. An einem frühen Sonntagmorgen sollte der Plan in die Tat umgesetzt werden. Wir hofften, zu früher Stunde dann ohne Augenzeugen bei dem Brunnen zu sein.

Mit dem Fahrrad würden wir es von unserem Aussenbezirk in einer halben Stunde bis in die Innenstadt schaffen. Tagwache war also um halb sechs Uhr früh angesagt, um ungesehen von daheim loszuradeln. Bei mir war das Wecken kein Problem, da ich mit meinem Bruder ein Zimmer teilte. Mein Freund Manne jedoch musste mit seinem Vater im selben Zimmer schlafen. Zum Glück lag sein Zimmer über dem unsrigen. Die Lösung des Weckproblems war schnell gefunden: Vor dem Zubettgehen band sich mein Freund ums Handgelenk eine Schnur und liess diese über Nacht aus dem offenen Fenster hängen. Am frühen Morgen zog ich dann vorsichtig an der Schnur und es dauerte nicht lange, bis Manne vor der Haustür stand und wir uns zusammen auf den Weg begeben konnten.

Auf dem Marktplatz angekommen, erwartete uns allerdings eine Überraschung: Kirchgänger auf dem Weg zur

Frühmesse; unerwünschte Augenzeugen. Den Brunnen mittels Waschpulver und sprudelndem Wasser unter Schaum zu setzen, konnte hier somit nicht verwirklicht werden. Es musste also ein anderer Brunnen gefunden werden. Ein paar Strassen weiter stand der Eulenspiegel-Brunnen; unserer Meinung nach auch ein geeignetes Objekt. Zudem waren keine Passanten in Sicht.

Der Brunnen bestand allerdings nur aus einem soliden Becken mit dem Eulenspiegel sitzend auf dem Rand. Nur ein bescheidener Strahl ergoss sich in das Becken. Wir rührten also das ganze Waschpulver in den Brunnen und machten uns ohne Zeugen auf den Heimweg, um rechtzeitig zum Frühstück mit unseren Familien am Tisch zu sitzen.

Vor dem Mittagessen begaben wir uns wieder auf den Weg in die Stadt, in Erwartung einer erstaunten Menschenmenge um den eingeschäumten Brunnen. Die Wirklichkeit war enttäuschend: Das Waschmittel hatte sich trotz Verrühren auf dem Brunnenboden abgesetzt; der Wasserstrahl war nicht stark genug, um Schaum zu erzeugen. Wie gerne hätten wir vor unseren Freunden mit unserer Tat geprahlt. Das Misslingen hielt uns aber nicht davon ab, über weitere Schelmereien nachzudenken. Die nächste war auch bald ausgeheckt und später erfolgreich durchgeführt.

Störenfried

Nach dem 2. Weltkrieg wurde unsere damalige Heimat Schlesien dem Staat Polen zugeteilt und die deutsche Bevölkerung vertrieben. Ein Teil unserer Familie einschliesslich uns landete in Norddeutschland, der damaligen britischen Besatzungs-Zone. Der Rest der Verwandtschaft siedelte in die sowjetisch besetzte Zone, die spätere „sogenannte DDR", um.

Ab Ende der 40-er Jahre besuchten wir mit der Bahn meine Grosseltern und die Familie des Bruders meines Vaters in der „Ostzone". Die Tagesreise dorthin war ein wirkliches Abenteuer. Die Distanz der gesamten Reisestrecke betrug kaum 200 km; die Reise dauerte einschliesslich mehrmaligem Umsteigen vom frühen Morgen bis zum späten Abend.

Die Züge waren dermassen überfüllt, dass Koffer und Kinder durch die Fenster bugsiert werden mussten. Bei meiner ersten Reise erlitt ich einen Rippenbruch, verursacht durch hoch aufgestapelte Koffer, welche beim Bremsen des Zuges im Waggon auf mich fielen.

Nachdem man mich unter dem Kofferberg hervorgezogen hatte und ich heftige Schmerzen beim Atmen hatte, wurde ich beim nächsten Halt zur Bahnhofs-Mission gebracht. Mit verbundenem Brustkorb setzen wir die Reise fort. Noch heute trage ich ein sichtbares „Andenken" an die gebrochene Rippe.

An der Zonengrenze mussten alle Passagiere mit sämtlichem Gepäck aussteigen. Eine lange Menschenschlange begab sich zur Kontrolle in die Zollbaracken. Dort wurden dann auch mal willkürlich Sachen konfisziert. Besonders scharf waren die DDR-Zöllner auf „schwarz" eingetauschtes Geld. Der offizielle Wechselkurs in der DDR lag bei 1:1; auf Bahnhöfen im Westen konnte man 4:1 umtauschen. Dies war natürlich sehr verführerisch; bei Entdeckung an der Grenze wurde einem das Geld aber abgenommen.

Wir waren schwer bepackt mit Esswaren, die es in der DDR nicht gab; unter anderem Holzkistchen mit geräucherten Heringen.

Die ganz Reise war eine echte Plackerei; für uns Kinder aber trotzdem interessant und erlebnisreich.

Jahre später, wenn ich allein meine Verwandten in der DDR besuchte, nahm ich nur noch einen einzigen Koffer mit. Dieser war gefüllt mit Zigaretten und Kaffee, was ich dort mit erheblichem Gewinn an Bekannte verkaufte und mir somit meine Ferienreise finanzierte.

Mein Grossonkel Hermann nebst seiner Familie musste nach dem Krieg in Schlesien bleiben. Als Bergmann wurde er gebraucht und durfte erst kurz vor Mitte der 50-er Jahre in die DDR ausreisen. Die Lebensbedingungen nach dem Krieg in Schlesien waren hart. Der Sohn Günther starb an Tuberkulose, verursacht durch infizierte Kuhmilch. Alle Medikamente, welche Hermanns Schwester Emma, Günthers Tante, aus dem Westen schickte, haben leider nichts genützt.

Onkel Hermann hat uns von der DDR aus einmal im Westen besucht. Seine Frau Martha durfte nicht mitkommen. Die DDR-Behörden behielten immer ein Familienmitglied zurück, um sicher zu gehen, dass der Reisende aus Westdeutschland zurückkommt. Nur Rentner durften gemeinsam ausreisen. Beim Verbleiben im Westen hätte die DDR dann die Rente gespart.

Onkel Hermann genoss seinen Aufenthalt bei uns und ruhte oft in unserem Schrebergarten. Einmal fuhr ich mit dem Fahrrad zum Garten, um ihm Gesellschaft zu leisten. Dort angekommen, sah ich meinen Onkel friedlich schlafend im Liegestuhl. Laut wecken wollte ich ihn nicht; einen kleinen Spass wollte ich mir aber schon erlauben.

Von hinten schlich ich mich mit einem Grashalm an ihn heran. Mit diesem kitzelte ich ihn am Ohr. Schlaftrunken versuchte er, ein vermeintliches Insekt wegzuscheuchen. Nach mehrmaligem Kitzeln wurden seine Bewegungen heftiger und schlussendlich sprang er mit einem kräftigen Fluch aus dem Liegestuhl. Als er mich sah und realisierte, dass ich der Verursacher des Schabernacks war, lachte er nur und schalt mich einen Lausejungen.

Onkel Hermann war sehr gutmütig und verstand einen kleinen Spass.

Türblockade

Mein Freund Manne und ich hatten damals Gelegenheit, als Golf-Caddies Taschengeld zu verdienen. Manne war bereits Caddy für eine vornehme Geschäftsfrau und verhalf mir auch zu diesem Nebenverdienst. Der Golf-Lehrer war streng und meine erste Tätigkeit bestand darin, Bälle auf dem Übungsplatz einzusammeln. Heute macht eine Maschine diese Arbeit; damals musste jedem abgeschlagenen Ball nachgerannt werden. Die Golfspieler zahlten mir 60 Pfennige für das Einsammeln der Bälle je Übungsstunde. Sonntags, bei Wettspielen, verdienten wir mehr; 4 D-Mark für das Taschentragen über 18 Löcher. Manche Spieler gaben grosszügigerweise ein Fünfmarkstück.

Ich hielt mich natürlich gern auf dem Golfplatz auf, was zur Folge hatte, dass ich als Konfirmand oft den obligatorischen sonntäglichen Gottesdienst versäumte. Dies hätte fast zum Ausschluss vom Konfirmanden-Unterricht geführt, was meine Eltern nicht sonderlich begeistert hätte.

Dieser Caddy-Dienst dauerte leider nur eine Saison und zwar während meines letzten Schuljahres. Der Verdienst reichte für ein Fahrrad mit 3-Gang-Schaltung, welches 25 Mark kostete. Ein Freund meines Vaters verkaufte mir das Rad zu diesem günstigen Preis.

Die Ausstattung des Rades war, ausser der Gangschaltung, recht einfach. Es hatte eine Rücktritt-Bremse. Das Vorderrad konnte man mittels eines Hebel-Gestänges abbremsen. Zuerst besorgte ich mir einen modernen „Vorbaulenker", welchen mein Vater, als er diesen sah, als Kuhhorn bezeichnete. Bald montierte ich Felgenbremsen und Aluminiumschutzbleche; somit war das Fahrrad für mich zeitgemäss ausgestattet.

Mein Freund Manne besass bereits ein Fahrrad und wir zwei unternahmen bei passendem Wetter ausgedehnte Rad- touren.

Da wir uns als Caddies keine Golfstunden leisten konnten, übten wir nur für uns allein. Natürlich lernten wir auch einiges von den Golfern, für die wir die Taschen trugen. Jeder Caddy erhielt vom Golf- lehrer einen alten Schläger; die be- nötigten Bälle fanden wir auf dem Golf- platz. Mit meinem Eisen-Schläger Nr. 7 entwickelte ich eine passable Fertigkeit.

Auch auf dem Rasen hinter unserem Mehrfamilien-Mietshaus übten wir. Da aber das Betreten des Rasens untersagt war, schimpfte jeweils der Hausmeister, welcher im obersten Stock wohnte, wenn er uns auf dem Rasen spielen sah.

Dieses in unseren Augen übertriebene Verhalten des Hausmeisters veranlasste uns, ihm eine „Lektion" zu erteilen. An einem ruhigen Abend stiegen wir die Treppe hinauf zu seiner Eingangstür. Ein Seil wurde an der Aussenklinke befestigt und dann mit der Klinke der gegenüberliegenden Tür der Nachbar-Wohnung verbunden. Das Seil wurde jedoch nicht stramm gespannt; es hing etwas durch. Dann klingelten wir Sturm an beiden Wohnungs-Türen und versteckten uns hinter dem Treppenabsatz.

Der Hausmeister versuchte als erster, seine Tür zu öffnen. Diese wurde aber umgehend vom gegenüberwohnenden Nachbarn, welcher auch seine Tür öffnen wollte, aus der Hand und wieder zugezogen. So ging es eine Weile hin und her. Es entstand ein grosser Lärm und wir machten uns aus dem Staube.

Wie wir später vernahmen, kamen vom Lärm aufgeschreckte Nachbarn den beiden „Opfern" zu Hilfe und lösten das Seil von den Klinken. Der Hausmeister musste geahnt haben, wer hinter diesem Streich steckt und hat wohl aus Furcht vor mehr Vergeltung nicht mehr geschimpft, wenn wir den Rasen wieder zum Spielen benutzten.

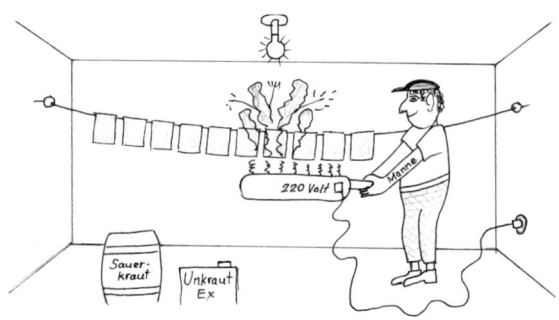

Knallfrösche

Zu Silvester wurde jeweils Feuerwerk abgebrannt; Leuchtraketen, Sternschnuppen, Kracher und halt so alles, was Lärm macht oder leuchtet. Bei meinem Taschengeld reichte es nur für ein paar Knallkorken oder Knallerbsen. Die Knallkorken wurden mit einem Stech-Mechanismus gezündet; die Knallerbsen haute man auf den Boden, wo sie explodierten. Alles keine grossen Sachen; daher beschäftigten wir uns, mein Freund Manne und ich, mit der Herstellung von effektvollerem Knallzeug.

Eine billige Methode, einen Knall zu erzeugen, war die sogenannte Karbidbüchse. Dazu brauchten wir eine runde Blechbüchse mit Druckdeckel. In den Büchsenboden stachen wir mit einem grossen Nagel ein Loch, legten ein Stück Karbid in die Büchse, spuckten auf das Karbid und verschlossen die Büchse mit dem Deckel. Dann klemmte ich mir die Büchse mit dem Loch nach hinten unter den Arm. Nach kurzer Zeit entstand Gas in der Büchse und mein Freund Manne hielt ein Streichholz an das Dosenloch. Mit lautem Knall flog daraufhin der Deckel von der Büchse. Einen besonderen Effekt erzielten wir, wenn die Zündung in einem Hausflur stattfand.

Der nächste Schritt auf dem Weg zu Feuerwerkern war schon etwas gefährlicher. Die Herstellung von Schwarzpulver aus Kalisalpeter, Schwefel und Holzkohle schien uns zu gefährlich, denn wir hatten schon von schweren Unfällen gehört. Manne fertigte deshalb in seinem Lehrbetrieb Behälter mit Schraubdeckel aus Stahlrohren an, welche wir mit Kalium-Chlorat füllten. Diesen „Stoff" besorgte ich, um nicht zu sehr aufzufallen, 50-grammweise von verschiedenen Apotheken. Durch das Loch im Boden des Behälters legten wir eine Lunte. Der erste Sprengversuch erfolgte auf einem abseits gelegenen Weg. Der Behälter wurde auf einen Grenzstein gelegt und die Lunte gezündet. Manne begab sich 50 Meter entfernt in die eine und ich in die entgegengesetzte Richtung, um den Weg abzusichern. Die Lunte brannte ein Weilchen, doch bevor die „Bombe" explodierte, näherte sich in meine Richtung ein Radfahrer, welchen ich aufhalten musste. Ehe ich dazu kam, eine Erklärung abzugeben, flog der Behälter mit lautem Knall in die Luft. Ohne die Reaktion des Radfahrers abzuwarten, machten wir uns aus dem Staube.

Diesen Vorgang haben wir noch einmal wiederholt; aus Sicherheits-Gründen jedoch in der nahen Kiesgrube. Dabei wurde ein dort gelagerter Haufen mit Eisenbahn-Holzschwellen zum Einsturz gebracht.

Silvester war nahe und wir überlegten, wie wir unser Taschengeld aufbessern könnten. Der Verkauf von Knallfröschen schien uns dazu eine gute Möglichkeit. So besorgten wir Löschblätter und Unkraut-Ex. Dieses wurde in Wasser aufgelöst und die Löschblätter darin getränkt. Die getrockneten Blätter wurden zusammen mit Packpapier gerollt, die sich ergebenden Streifen mehrmals geknickt und mit einer Schnur fest zusammengebunden. Jeder Knick ergab nach der Zündung der Lunte einen Knall.

Jetzt galt es, diese Knallfrösche in Serie herzustellen. Wir spannten in Mannes Keller-Abteil eine Wäscheleine und hingen die getränkten Löschblätter zum Trocknen darüber. Da der Keller kalt war und die Blätter nicht schnell genug trockneten, kam Manne auf die geniale Idee, den Trocknungs-Vorgang mit einem elektrischen Heizstrahler zu beschleunigen. Dabei hielt er den Heizstrahler unter die Löschblätter. Nach einer Weile, die Blätter waren fast trocken, fiel ein Unkraut-Ex-Kristall von einem Blatt auf eine Heizspirale und entzündete sich. Die Stichflamme schoss nach oben und zündete ein Löschblatt. Da alle Blätter eng nebeneinander hingen, entstand ein Lauffeuer mit atemraubendem Rauch und Gestank.

Wir flüchteten aus dem Keller ins Freie, wobei wir vorher noch die Tür zwischen Treppenhaus und Kellertreppe abschlossen in der Hoffnung, unser Tun verbergen zu können.

Der Rauch drang jedoch durch die Türritzen ins Treppenhaus und alar-mierte die Hausbewohner. Schlussendlich wurden wir als die Übeltäter entlarvt.

Statt eines Verdienstes durch den Verkauf von Knallfröschen handelten wir uns einige Ohrfeigen von unseren Eltern ein.

Fensterschreck

Unser Gartenverein verpachtete das Land an Interessenten, welche, wie üblich, auf eigene Kosten ihren Gartenteil bepflanzten und bebauten. Mein Vater hatte einmal die Gelegenheit, die Holzhütte eines verstorbenen Schrebergarten-Nachbarn zu kaufen. Der Nachfolger des Nachbarn hatte kein Interesse an der Hütte; diese sollte deshalb abgerissen werden.

Da wir bereits eine schöne gemauerte Stein-Hütte besassen, verarbeiteten wir die einzelnen Bretter und Pfosten der erworbenen Hütte zu Brennholz. Einige alte Stahlrohre durften mein Bruder

Klaus und ich an einen Schrotthändler verkaufen. Vor dem Abbruch fanden wir in der Hütte noch einige brauchbare Sachen. Darunter war auch ein FLAK-Scheinwerfer. Dieser diente einst im Krieg zum Aufspüren von Feindflugzeugen am Nachthimmel.

Der Scheinwerfer bestand aus einem Blechgehäuse mit zwei riesigen Vergrösserungs-Gläsern und einer 300 Watt/24 Volt Spiegel-Birne. Mein Vater überliess mir diesen Scheinwerfer zum Experimentieren. Den nötigen Transformator zum Betreiben der Birne besorgte mein Freund Manne aus seiner Elektro-Lehrwerkstatt.

Mit diesem Scheinwerfer leuchteten wir spätabends auf ein weit entferntes Haus am Ende unserer Strasse. Der Lichtkegel in der Entfernung von mehr als hundert Metern betrug nur gut einen Meter im Durchmesser.

Das Licht war so hell, dass dort ein Zimmer sogar durch die zugezogenen Fenstervorhänge taghell erleuchtet wurde. Die Leute, welche sich in dem Zimmer befanden, stürzten natürlich sofort an das Fenster und öffneten dieses, um festzustellen, woher diese Helligkeit stammt. Wir leuchteten nur kurz auf ein und dasselbe Fenster, um die Leute nicht allzulange zu erschrecken. Sie sahen natürlich, woher das Licht kam, konnten uns aber zum Glück hinter dem Scheinwerfer nicht erkennen.

Der Glühfaden der Birne brannte nach kurzer Zeit durch und beendete somit unsere Leuchterei, bevor wir in Unannehmlichkeiten gerieten.

Da der Scheinwerfer ohne Birne nicht mehr verwendbar war, nahm ich ihn auseinander. Die ausgebauten Vergrösserungs-Gläser fanden Verwendung zur Beobachtung von Insekten. Das grössere der beiden Gläser bündelte das Sonnenlicht dermassen stark, dass damit ein solides Stück Holz umgehend in Brand gesetzt werden konnte.

Später tauschte ich bei einem Kollegen die beiden Vergrösserungs-Gläser gegen ein wunderschönes antikes Wand-Telefon aus dem Jahre 1902, welches sich noch heute in meinem Besitz befindet.

Manne und ich hatten noch eine weitere Methode, als Fensterschreck aufzutreten. Benötigt wurden dazu ein langer

Bindfaden, ein grosser Kleider-Knopf und ein Saugnapf. Bevorzugte Ausführungs-Zeit unserer Schelmerei war der spätere Abend.

Ein passendes Fenster im Erdgeschoss wurde ausgesucht, ein nahes Gebüsch diente als unser Versteck. Die Schnur wurde durch den Knopf gezogen und an einem Ende mit dem Saugnapf verknüpft. Das Ende mit dem Saugnapf drückten wir auf eine Fensterscheibe, welche damals noch mit Kitt im Fensterrahmen gehalten wurde. Das andere Ende hielten wir in der Hand und gingen hinter dem Gebüsch in Deckung. Der Knopf befand sich auf-gefädelt auf halber Länge zwischen uns und dem Fenster. Der Faden, beschwert durch den Knopf, wurde wie ein Spring-seil in Drehbewegung versetzt und dann langsam stramm gezogen. Die Schwingung erhöhte sich dadurch und übertrug sich schlussendlich auf die Fensterscheibe, was ein lautes Rattern verursachte. Er-schien jemand am Fenster, zogen wir mit einem Ruck den Saugnapf weg. Das Fens-ter wurde in der Regel geöffnet und verwundert nach der Ursache des hässli-chen Geräusches geforscht. Um nicht umgehend als Verursacher ermittelt zu werden, suchten wir dasselbe Fenster am selben Abend nur einmal heim.

Dachlawine

Es sprach sich bald herum, dass mein Freund Manne und ich stets zu Schabernack aufgelegt waren. Bei Ermahnungen durch unsere Eltern blieb es, wenn wir es nicht zu arg trieben; bei schlimmeren Scherzen setzte es Ohrfeigen oder Stubenarrest beim Erwischtwerden.

Von unseren Schelmereien erfuhren unsere Eltern vor allem von einem Nachbarn namens Schreckenberger, welcher uns ständig beobachtete und verpetzte.

Er hing uns aber auch Sachen an, für welche wir nicht verantwortlich waren.

Einmal fragte Schreckenberger meine Mutter, ob er mich sprechen könnte. Sie antwortete ihm, ich sei nicht zuhause, sondern bei Verwandten zu Besuch. Er sagte daraufhin, er glaube dies nicht, denn bei ihm wäre gerade eine Fensterscheibe zu Bruch gegangen und er hätte mich in Verdacht.

Meine Mutter war nicht sehr erbaut darüber, dass ich in diesem schlechten Ruf stand und hielt mir dies bei meiner Rückkehr vor.

Einmal baute ich das Vorderrad meines Fahrrades derart um, dass das Tretlager nach oben zu liegen kam und ich wie auf einem Hochrad die Strasse entlang fuhr. Es dauerte nicht lange, bis ein Polizist auftauchte und mich verwarnte. Wie sich herausstellte, hatte mich Schreckenberger angezeigt.

So beschlossen Manne und ich, ihn solange zu ärgern, bis er uns endlich in Ruhe lässt.

Wir schlossen mit einem „Dietrich" seine Wohnungstür auf, als niemand daheim war. Daraufhin hängten wir alle Gegenstände aus der Küche, welche einen Henkel hatten, in den Baum vor dem Haus. Diese „Lehre" hielt jedoch nicht lange an und wir warteten ab, bis Schreckenberger einmal allein zuhause war. Wir öffneten vorsichtig seine Korridortür und stellten einen Wäsche-korb zwischen diese und die Küchentür, welche als einzige in seinen Korridor führte. Dann klingelten wir Sturm und hörten, wie er beim Herauseilen in den Wäschekorb stürzte.

Unsere Eltern ermahnten uns wieder, da sie uns auch für diese Untat verantwortlich hielten; beweisen konnten sie es jedoch nicht.

Zu guter Letzt griffen wir noch zu einem drastischeren Mittel. Es lag Schnee auf dem Mehrfamilien-Hausdach. Die eisernen Dachluken lagen günstig für unser Vorhaben. Das Dach war abfallend zum Hauszugang und dicht an der Hauswand neben der Haustür befand sich ein Fahrrad-Ständer.

Manne und ich besorgten uns ein langes Brett, stiegen damit auf den Dachboden und öffneten die Luken, welche sich in einigem Abstand rechts und links zur

Haustür befanden. Jeder von uns schob sich bis zur Hüfte aus den Luken heraus und zogen das Brett nach. Hochkant hielten wir es zwischen uns auf das schneebedeckte Dach. So warteten wir auf Schreckenbergers Heimkehr.

Wir sahen ihn auf seinem Fahrrad ankommen, absteigen und auf die Haustür zugehen. Als er unseren Blicken entschwand, zählten wir seine Schritte und als wir glaubten, dass er dabei war, das Fahrrad in den Ständer zu schieben, lösten wir mit dem Brett eine Schneelawine aus. Diese krachte herunter und begrub ihn.

Hastig verliessen wir mit dem Brett unseren Platz und gingen nach unten. In der Eile vergassen wir aber, die Dachluken zu schliessen.

An der Stubendecke der darunterliegenden Wohnung erschienen nach einiger Zeit Wasserflecken durch nachfolgenden Schneefall und die Bewohner gewahrten daraufhin die offenen Luken als Ursache.

Niemand wusste zum Glück, wer die Luken geöffnet hatte und deshalb kamen wir bei diesem Schaden auch nicht als Verursacher in Verdacht.

Die Dachlawine muss Schreckenberger wie ein Zeichen vom Himmel vorgekommen sein; er blieb zu unserem und seinem Glück jedoch unverletzt.

Mit dem Ärgern dieses Nachbarns hörten wir nach diesem Streich auf, denn schlussendlich tat er uns eigentlich leid. Interessanterweise hörte er gleichzeitig auf, uns zu bespitzeln.

Tortendiebe

Während meiner Lehrzeit hatte ich im Winter Gelegenheit, sonntags für 50 Pfennige mit dem Werks-Bus zum nahen Mittelgebirge, dem Harz, zu fahren. Mit meinen Kollegen unternahm ich ausgedehnte Ski-Touren mit langen Aufstiegen und gelegentlichen Abfahrten. Die Winter waren damals auf 6 - 700 Meter Höhe noch schneesicher, allerdings mussten alle Aufstiege zu Fuss unternommen werden, da es dort noch keine Ski-Lifte gab.

Im Sommer benutzten mein Freund Manne und ich die Eisenbahn für die Fahrt zum Harz. Dank unserer „Eisenbahn-Väter" besassen wir die sogenannte

Pfennig-Karte, welche uns berechtigte, die Fahrkarten sehr günstig zu erwerben. So wanderten wir oft in dieser Gegend und kannten uns bald gut aus im Gelände. Einmal führte uns unsere Wanderung ein Stück am Grenzzaun zur damaligen DDR entlang. Erst in späteren Jahren wurden alle Grenzen schwer bewacht und der Streifen auf der DDR-Seite sogar vermint. Dieser Grenzzaun glich damals eher einem Weidezaun und trennte uns von der höchsten Erhebung im Harz, dem Brocken. Wir machten am Zaun Rast und wollten uns auf einem mitgenommenen Benzinkocher eine Fertigsuppe zubereiten. Dazu fehlte uns aber sauberes Wasser, welches wir an der Felswand auf der DDR-Seite herabrauschen hörten. Ich stieg also über den Zaun und füllte das Essgeschirr mit klarem Wasser. Kaum war ich zurück, tauchten zwei DDR-Grenzsoldaten auf, lehnten sich über den Zaun, sahen zu uns herüber und plauderten mit uns. Dabei erwähnte ich, woher ich das Wasser hatte und sie antworteten darauf freundlich: „Lass` dich das nächste Mal nicht von uns erwischen." Sie teilten uns auch noch mit, dass sie einen jungen Mann aus dem Westen, der über den Grenzzaun gestiegen war, um auf den Brocken zu steigen, kürzlich erst festgenommen hätten. Er musste zwei Tage lang Holz hacken für die Grenzer und wurde danach ohne Formalitäten zurück in den Westen geschickt. Ein unvorstellbarer Vorgang in den späteren Jahren, wo fliehende DDR-Bürger an der Grenze sogar erschossen wurden.

Unsere Wanderungen endeten meist auf dem TORFHAUS, einem Höhenzug, wo wir manchmal über das Wochenende in der dortigen Jugend-Herberge, neben einem Hotel, übernachteten. Um 22 Uhr war in der Herberge Lichter-Löschen und die Haustür wurde abgeschlossen.

Abends wollten wir draussen noch etwas unternehmen und wussten im voraus nicht den genauen Zeitpunkt unserer Rückkehr, deshalb mussten wir gewisse Vorkehrungen treffen. Unser Zimmer lag im 1. Stock; im Erdgeschoss befand sich der Schlafsaal der Mädchen. Wir sprachen vor dem Weggehen ein anwesendes Mädchen an und baten es, ein Fenster für unsere Rückkehr offen zu lassen.

Es wurde draussen langsam dunkel und wir streiften durch die Gegend. Beim Hotel stach uns ein verführerischer Duft in die Nase und wir hielten Nachschau. Der Duft kam aus der Backstube im Erdgeschoss, wo am offenen Fenster Torten zum Abkühlen standen. Diesem Duft konnten wir nicht widerstehen und wir gedachten, eine Torte in unseren Besitz zu bringen.

Ich trug eine Schreckschuss-Pistole bei mir, die wir manchmal zum Abfeuern von Raketen benutzten; das Magazin war noch mit Platz-Patronen gefüllt.

Ich begab mich zum Abstellkeller hinter der Backstube, feuerte zwei Schüsse durch das offene Kellerfenster und versteckte mich.

Mein Freund Manne sah, dass alle Backstuben-Leute nach den Schüssen zum Keller rannten und griff sich daraufhin, ohne gesehen zu werden, eine Torte von der Fensterbank und wir verschwanden in der Dämmerung.

Ob das Fehlen dieser einen Torte der Belegschaft auffiel, ist uns nicht bekannt. Nach dem Verzehr erwartete uns in der Herberge jedoch eine böse Überraschung.

Wie geplant, konnten wir durch das offene Fenster in den Schlafsaal der Mädchen einsteigen, um von dort aus in unser Zimmer zu gelangen. Der Mond schien, es war nicht ganz dunkel, die Mädchen waren bereits in den Betten, schliefen aber noch nicht.

Anstatt umgehend in unser Zimmer zu schleichen, setzten wir uns auf eine Tischkante und unterhielten uns mit den Mädchen, welche nichts dagegen hatten und manchmal laut kicherten.

Plötzlich ging die Zimmertür auf und der Herbergs-Vater kam herein. Er befahl uns, unverzüglich unsere Betten aufzusuchen und sagte noch beiläufig, dass er unsere Jugendherbergs-Ausweise einziehen würde. Fast die ganze Nacht hindurch machten wir uns Gedanken darüber, dass wir ohne Ausweise in Zukunft nie mehr günstig in Herbergen unterkommen würden. All unsere zukünftigen Reisepläne hätten wir begraben können. Am nächsten Morgen wurde uns nochmals unser unpassendes Verhalten vorgeworfen. Auch wies der Herbergs-Vater auf seine Verantwortung gegenüber den Eltern seiner jugendlichen Gäste hin.

Nachdem wir lange genug gezittert hatten und er sah, dass seine Ermahnungen wohl auf fruchtbaren Boden fielen, gab er uns die Ausweise zurück mit der Bemerkung: „Ich hoffe, ihr merkt euch dies für die Zukunft". Sein Entscheid wurde auch dadurch positiv beeinflusst, da wir ihm manchmal bei anfallenden Arbeiten geholfen hatten.

Wir waren sehr dankbar und es war letzthin ein für alle Beteiligten zufriedenstellender Ausgang - vielleicht nicht ganz für die Tortenbäcker.

Bier-Regen

Im Alter von 17 Jahren, in welchem heute noch die meisten Jugendlichen zur Schule gehen, hatte ich bereits meine 3-jährige Lehre abgeschlossen. Im Spätsommer, kurz vor meinem 18. Geburtstag, wechselte ich meinen Arbeitgeber und nahm vor meiner technischen Weiterbildung zwei Wochen Ferien.

Mit der Freifahrt-Karte, die mir dank meines „Eisenbahner-Vaters" noch zustand, wählte ich von zuhause aus die weiteste Strecke.

Die Fahrt sollte mich über den Badischen Bahnhof in Basel nach Waldshut führen,

123

wo ich einen Bekannten besuchen wollte. Da auch ein Abstecher in die Schweiz geplant war, kontrollierte ich meinen Reisepass und stellte fest, dass dieser in Kürze ablaufen würde.

Diesen Pass hatte ich mir schon in jungen Jahren ausstellen lassen, die Seite für die Pass-Verlängerung war jedoch durchgestrichen. Auf die vielen Stempel im Pass war ich stolz und wollte ihn deshalb weiterhin benutzen. Mit einer Rasierklinge kratzte ich also den Strich weg und zog mit einem feinen Stift die beschädigten Sicherheits-Zeichen nach. Nur bei schräg gegen das Licht gehaltenem Pass fiel meine „Korrektur" auf und der Pass wurde anstandslos auf meinen Antrag hin verlängert.

Der Zug brachte mich nach Frankfurt, wo ich Zwischenstation machte und meine Tante Emma kurz besuchte. Auf der Weiterfahrt Richtung Basel war in Kehl Zwischenhalt. An der Wand im Zugsabteil hing eine Landkarte, welche auch einen Teil von Frankreich zeigte.

Kurz entschlossen stieg ich aus und löste eine Fahrkarte über Strassburg nach Nancy. Paris hätte mich schon mehr interessiert, ich hatte aber leider nicht genug Geld dabei. So sah ich mir Strassburg kurz an, vor allem das Münster mit der berühmten Planeten-Uhr, und fuhr danach nach Nancy weiter.

Dort sah ich das erstemal in meinem Leben eine wunderschöne Blumen-Uhr im Park. Für ein paar Tage würde ich mich gern in dieser Stadt aufhalten, dachte ich, aber leider fehlte mir dazu das nötige Geld.
So kam ich auf die Idee, mir für kurze Zeit bezahlte Arbeit zu suchen. Mein Schulfranzösisch war für eine Konversation kaum zu gebrauchen, reichte aber, mich zum nächsten Gymnasium durchzufragen. Dort traf ich einige ältere Schüler, von denen einer deutsch sprach. Auf meine Frage, ob er jemanden kennen würde, bei dem ich arbeiten könnte, nahm er mich nach Schulschluss mit zu seinem Onkel. Dieser betrieb eine Kleiderfabrik und hatte gerade eine Stelle für mich frei. Er zeigte mir sofort meinen Arbeits-Platz in einem grossen Saal. Dort sassen mehr als 50 junge Mädchen in meinem Alter an Nähmaschinen bei der

Anfertigung von Herren-Hosen. Es entstand ein grosses „Hallo", als ich durch den Saal ging. In der Mitte stand auf einem Podest eine Dampf-Bügelmaschine, mit der ich die Nähte der halbfertigen Hosen vor der Weiterverarbeitung flachbügeln sollte.

Im gegenseitigen Einverständnis fing ich sofort an zu arbeiten. Mit dem linken Zeigefinger musste ich der Naht entlang fahren, um diese aufzuspreizen und mit der rechten Hand, das Bügeleisen haltend, die Naht flachbügeln. Der ausströmende Dampf und mein Finger kamen sich dabei öfters derart nahe, dass dieser mit der Zeit anschwoll.

Bei der Arbeit konnte ich mir rundum die hübschen Mädchen betrachten, die sich auch sehr bemühten, mir sooft wie möglich Nachschub zu bringen. Für diese Arbeit erhielt ich 10 Franc pro Tag, was gerade für ein Übernachtung im nahe gelegenen Hotel und ein Essen reichte. So verging eine ganze Woche, in der ich auch mit einigen Mädchen ausging.

Am letzten Arbeits-Tag wurde ich von einem Mädchen zu seiner Geburtstags-Feier eingeladen. Bei seinen Eltern gab es ein feines Nachtessen und anschliessend ging ich mit der ganzen Gesellschaft auf den Marktplatz, wo die TRABER-Artisten ihre Schau auf dem Hochseil aufführten.

Nach der Schau feierten wir in einer Gastwirtschaft bis zum Morgengrauen.

Alle Teilnehmer der Geburtstags-Feier zogen mit mir unter lautem Hallo zum Bahnhof, wo sie mich verabschiedeten und mir noch eine Flasche Rotwein und eine „Bagette" auf die Reise mitgaben So fuhr ich nach einer erlebnisreichen Woche zurück nach Kehl und von dort aus weiter über Basel nach Waldshut. Mein Bekannter, der in Waldshut ein Reise-Büro führte, wusste nichts von meiner Absicht, ihn zu besuchen. Als ich dort eintraf, wurde mir mitgeteilt, dass er geschäftlich unterwegs sei. Gerne hätte ich mich in Waldshut ein paar Tage aufgehalten und mich als Entgelt für die Gastfreundschaft nützlich gemacht, aber so entschloss ich mich, umgehend nach Basel zurückzufahren. Es war schon spät abends, als der Zug in Basel ankam und ich für meine letzten 50 Pfennige Unterkunft in einer Jugendherberge fand.

Am nächsten Morgen begab ich mich wieder zum Bahnhof und trat meine Heimreise an.

Das Pariser-Brot war bereits am Vortag aufgegessen, der Wein ausgetrunken und mir knurrte der Magen. Beim Zwischenhalt in Karlsruhe besann ich mich, dass dort ein Student aus Syrien wohnt, welchen wir bei uns zu hause einmal bewirtet hatten und dessen Adresse ich bei mir hatte.

Also stieg ich aus dem Zug und machte mich mit meinem Koffer zu Fuss auf den Weg zu ihm. Für die Aufbewahrung des Koffers am Bahnhof hatte ich kein Geld mehr; deshalb musste ich den Koffer den 2-km langen Weg mittragen. Zum Glück war mein Studenten-Kollege zuhause und er bewirtete mich mit einem reichlichen Abendbrot. Wir verbrachten einen netten Abend und unter Mitnahme einer Büchse Bier als Proviant machte ich mich wieder auf den Weg zum Bahnhof, um den letzten Zug nach Hause zu erreichen.

Es war ein schwüler Spätsommer-Abend und in meinem Zugsabteil sass nur ein weiterer Mitreisender. Dieser legte sich bald auf die Bank zum Schlafen. Mit der Zeit bekam ich Durst und wollte die Büchse Bier öffnen. Diese war aber nicht leicht zu öffnen, denn man brauchte damals dazu einen Büchsen-Öffner oder ein Taschenmesser, welche ich beide nicht dabei hatte. So schaute ich mich im Abteil um nach einer Möglichkeit, ein Loch in die Büchse zu stechen.

Auf der unteren Fensterleiste sah ich einen Metallstift hervorstehen, in welchem ein Lederriemen eingehakt war. Dieser war mit dem Fenster verbunden und diente zum Öffnen und Schliessen desselben. Mit der Büchse schlug ich einige Male auf diesen Stift, aber da dieser nicht spitz genug war, verbeulte ich nur die Büchse. Auf der Suche nach einem spitzeren Gegenstand fand ich schlussendlich im Toiletten-Abteil einen Papierrollenhalter.

Beim Auseinanderschrauben kam auf der einen Seite des Halters ein dünner Stab mit Gewinde zum Vorschein. Diesen nahm ich zurück in mein Abteil und schlug damit auf den bereits verbeulten Büchsenboden, bis ein Loch entstand. Durch das rauhe Hantieren mit der Büchse hatte sich ein dermassen hoher Druck darin aufgebaut, dass der ganze Inhalt bis an die Abteildecke spritzte. Daraufhin begann das Bier auf mich und meinen Mitreisenden herunter zu tropfen. Dieser war in der Zwischenzeit aufgewacht und ich musste mir mit trockenem Mund dessen Schelte anhören.

Müde, hunrig und durstig kam ich früh am nächsten Morgen zu Hause an; eine weitere eindrückliche Reise ging für mich zu Ende.

Vatertag

Im Alter von 15 Jahren fing ich an zu rauchen. Mein Vater war ein starker Raucher, mein Bruder Klaus, zweieinhalb Jahre älter als ich, rauchte auch bereits und ich wollte es ihnen gleichtun. In meinem 2. Lehrjahr gab es in unserem Büro einen Mitarbeiter, der in seiner Schublade einen Mini-Laden mit Tabakwaren und Süssigkeiten führte. Die Zigaretten kosteten bei ihm 10 Pfennige das Stück und konnten einzeln bezogen werden. Meine ersten Rauchversuche begannen auf der Toilette. Anfangs schaffte ich nur eine halbe Zigarette, da mir schnell schlecht wurde. Als ich mich bald daran gewöhnt hatte, teilten mein Freund Manne und ich uns manchmal eine Schachtel „P4" mit vier Zigaretten für 30 Pfennige.

Rückblickend war das Rauchen eine grosse Dummheit von mir, was ich zum Glück 10 Jahre später erkannte und es daraufhin aufgab.

Bei der Mithilfe im Schrebergarten - ich war gerade 16 geworden - machten mein Vater und ich Pause und er bot mir eine Zigarette an, worauf ich sehr stolz war. Aber jeder wusste damals schon, dass das Rauchen schädlich ist; mein Vater ist an dieser Sucht schon früh gestorben.

Auch dem Alkoholgenuss frönte ich manchmal. Die Eltern meines Freundes Dieter betrieben einen Kolonialwaren-Laden, von dem er später an Wochenenden ein Fässchen Bier mit gut 16 Litern Inhalt für zwölf Mark besorgen konnte. Dieses Fässchen leerten wir zu dritt an einem Abend.

An Samstagabenden traf ich mich regelmässig mit meinen Freunden Manne und Dieter in einer Gaststätte in der Stadt. Bei Bier und Zigaretten konnten wir endlos über das Leben im Allgemeinen und über unsere Zukunft diskutieren.

Es gab in der Stadt 2 Kinos, welche in demselben Gebäude untergebracht waren und um die gleiche Zeit geöffnet hatten. In einem der beiden Kinos waren die Eintritts-Karten billiger und es wurden dort meist „Revolverfilme" gezeigt. Das andere führte anspruchsvollere Filme im Programm, dafür waren die Karten auch teurer. Die beiden Kinos waren seitlich aneinander gebaut und hatten dazwischen eine gemeinsame Toilettenanlage. Oft kauften wir die Karten im billigeren Kino und begaben uns nach Beginn der Vorführung durch die Toilettenanlage in das teurere Kino, was in der Regel nicht auffiel und wir kamen somit billig in den Genuss eines guten Filmes.
Nach dem Kinobesuch wurden verschiedene Kneipen aufgesucht und nach Möglichkeit Biergläser, Bierdeckel, Aschenbecher oder sogar Wirtshausschilder mitgenommen. Diese Gegenstände landeten dann schlussendlich in der elterlichen Wohnung und zwar in dem

Zimmer, welches mein Bruder und ich uns teilten.

Auf allen Schränken standen Biergläser und Aschenbecher; an allen Wänden hingen Bierdeckel und Wirtshaus-Schilder. Unsere Mutter mochte die Fensterläden nicht mehr öffnen, da es ihr peinlich war, dass draussen vorbeispazierende Leute unser Zimmer für eine Kneipe halten könnten.

Da wir mit Zigaretten und Bier schon früh vertraut waren, lag es nahe, auch den „Vatertag" zu feiern. Keiner unserer Freunde hatte zwar schon eine eigene Familie oder sogar Kinder, gleichwohl hatten wir grosse Lust, wie alle uns bekannten Männer, das am Himmelfahrtstag stattfindende Vatertags-Fest zu feiern.

Schon frühzeitig verabredeten wir uns deshalb mit weiteren Freunden zu diesem feucht-fröhlichen Anlass. Dieser begann mit einer Bahnfahrt nach Königslutter, wobei abwechselnd einer von uns den Koffer mit unseren Esswaren trug. Von Königslutter ging es zu Fuss zum Waldrestaurant TETZELSTEIN.

Unterwegs kehrten wir in einem Gast-
haus ein, wo ein „Heiratsmarkt" abge-
halten wurde. Üblicherweise waren alle
Männer ohne Frauen unterwegs; zu Fuss,
mit dem Fahrrad oder mit Pferd und Wagen, auf welchem ein Fass Bier mitge-
führt wurde. Auf diesem „Heiratsmarkt"
konnte man jedoch für 5 Mark ein Mädchen „heiraten". Ein Heiratsschein wurde
zwar ausgestellt; Rechte und Pflichten
waren aber ausdrücklich ausgeklammert.
Einige von uns erlaubten sich diesen
Spass und erhielten dafür zum Abschied
ein Küsschen von der vermeintlichen Ta-
gesbraut.
Anschliessend ging es, mit dem Strohhut
auf dem Kopf und den Spazierstock
schwingend, laut singend dem TETZEL-
STEIN entgegen. Dort angekommen, trafen wir auf eine grosse Menge ausgela-
ssener, fröhlicher Männer.
Nach reichlichem Alkoholgenuss gab es
dort Schlägereien, an denen wir aber
vorsichtshalber nicht teilnahmen. Dafür
begaben wir uns zu gegebener Zeit auf
den Rückmarsch. Die Esswaren im Koffer
hatten derweil den geklauten Bier-
gläsern Platz gemacht.

Auf dem Rückweg machten wir noch einen letzten Halt in einer Gaststätte in der Nähe des Bahnhofes.

Laut singend traten wir ein und wurden vom Wirt kritisch beäugt. Genügend freie Stühle um einen grossen runden Tisch waren vorhanden und wir liessen uns für einen weiteren Trunk nieder. Am Nachbartisch sass eine Altherrenrunde und sang aus vollem Herzen. Als sie Pause machten, stimmten wir laut ein Lied an und danach stimmten wiederum die Altherren ein Lied an. So ging es eine Weile hin und her. Bevor die Altherren wieder an der Reihe waren, stand einer von ihnen auf, schwang seinen Krückstock über dem Kopf und rief: „Und wir können doch lauter singen als ihr!". Dabei schlug er ungewollt mit dem Stock einige Lampen vom Kronleuchter. Unser Tisch stimmte daraufhin ein Hurra an und wir konnten zusehen, wie der Wirt die Altherrenrunde aus der Gaststätte warf.

Nach diesem Vorfall war es auch für uns an der Zeit, den Zug heimwärts zu nehmen. Während der Bahnfahrt war es nun meine Aufgabe, mich um den Koffer zu kümmern. Der Zug lief im Ziel-Bahnhof ein. Den Koffer in der Hand haltend, öffnete ich bereits vor dem Halt die Waggontür. Hinter mir war ein Gedränge, ich bekam einen Schubs und flog mit dem Koffer auf den Bahnsteig. Als der Koffer auf den Boden knallte, platzte der Deckel auf und alle Gläser zerschellten. Nach mühsamem Einsammeln der Scherben machten wir uns auf den Heimweg. Statt weitere Gläser in meiner Sammlung unterzubringen, landeten sie diesmal auf dem Abfall.

Nach der frühen Gründung meiner eigenen Familie hat sich für mich nie mehr die Gelegenheit ergeben, an einem Vatertags-Ausflug teilzunehmen.

Oldtimer

Schon als Teenager habe ich mich für Motoren interessiert.

Mein Bruder Klaus kaufte ein altes Fahrrad mit einem AMO-Hilfsmotor, der einen Hubraum von 50 ccm aufwies. Der Motor war seitlich links hinten am Rahmen befestigt und trieb über eine Kette das Hinterrad an. Der AMO besass keine Kupplung, nur einen feststellbaren Bolzen, mit dem im Stand bei Nichtbenutzen des Motors das Antriebszahnrad entriegelt werden konnte.

Zum leichteren Anlassen befand sich an der Lenkstange ein Dekompressions-Hebel.

Nach anfänglichen Startversuchen, bei denen der Motor nur selten ansprang, übernahm mein Vater dieses „Vehikel" und brachte es schlussendlich zum Laufen.

Sonntagnachmittag durfte ich damit, wenn mein Vater seinen Mittagsschlaf hielt, eine Ausfahrt in die Umgebung unternehmen.

Behördlich erlaubt war mir die Benutzung erst ab 16 Jahren; da ich jedoch mit 14 schon 181 cm gross war, wagte ich es, ohne Führerschein zu fahren. Vor meiner Ausfahrt sagte mein Vater jedesmal: „Nimm auf keinen Fall deinen Freund Manne mit!". Dieser wartete jedoch schon in einiger Entfernung auf mich und liess sich auf seinem Fahrrad von mir ziehen, indem er sich mit einer Hand an meinem Gepäckträger festhielt.

Es gab noch andere Hilfsmotoren für Fahrräder, wie den REX, der das Vorderrad antrieb oder den ILO, welcher sich unter dem Tretlager befand und über eine Rolle das Hinterrad antrieb.

Den Führerschein für Motorräder erwarb ich genau zu meinem 18. Geburtstag. Ab dann durfte ich auch offiziell den LAMBRETTA-Motorroller meines Vaters benutzen.

Bis zu diesem Zeitpunkt hatte ich bereits sehr viele Reisen per Bahn und Fahrrad unternommen. Die letzte führte mich über Zürich - wo mein Bruder in der Zwischenzeit wohnte - weiter nach Mailand, Venedig, Triest, dann nach Opatija und Rijeka im damaligen Jugoslawien.

Leider habe ich mich danach dazu hinreissen lassen, ein altes Auto zu kaufen, was für die nächste Zeit meine finanziellen Möglichkeiten sehr stark einschränkte.

Auf dem Weg zum Reisebüro, wo ich eine Fahrkarte für den Orientexpress nach Istanbul bestellt hatte, traf ich einen Bekannten. Dieser besass einen FORD-EIFEL, Baujahr 1938, welchen er verkaufen wollte.

Für die 350 Mark, die ich für Fahrkarte und Reise gespart hatte, wurden wir uns handelseinig und ich somit stolzer Besitzer meines ersten Autos und des ersten in unserem ganzen Quartier. Ein Problem war, dass ich noch keinen Autoführerschein besass. So meldete ich mich wiederum bei der Fahrschule an und bereits nach 2 Monaten bestand ich die Prüfung.

In der Zwischenzeit fuhr ich ohne gültige Fahrerlaubnis. Bei Ausfahrten durch das Stadtgebiet übernahm mein Freund Dieter, ein Jahr älter als ich, das Steuer. Seine Eltern, welche einen neuen OPEL-OLYMPIA besassen, führten einen Kolonialwaren-Laden, für den er einmal die Woche in umliegenden Dörfern Eier einkaufen musste. Jedesmal, wenn er mich fragte, ob ich im OPEL zum Einkaufen mitfahren möchte, sagte ich natürlich erfreut zu, aber nur unter der Bedingung, dass ich das Auto fahren dürfe. So erlernte ich schon früh das Autofahren und kam mit einer halben Stunde Fahrpraxis problemlos durch die Prüfung.

Dieters Eltern durften nicht wissen, dass er mich in ihrem Wagen mitnahm und sein Vater verbot ihm auch, schneller als 80 km/h zu fahren. Wir überschritten diese Geschwindigkeit natürlich und nach der Rückkehr hielt Dieters Vater ihm jedes-

mal vor, dass wieder zu schnell gefahren worden sei. Wir fragten uns jeweils, wie er dies dem Auto ansehen konnte. Erst viel später realisierten wir, dass die Insekten bei höherer Geschwindigkeit an der Windschutzscheibe zerplatzen.
Mein FORD sprang aus unerfindlichen Gründen oft nicht an. Zum Glück konnte man den Motor ankurbeln, die alte Batterie hat selten den Start geschafft.

Meist lag aus finanziellen Gründen nur sonntags eine Ausfahrt drin; während der Woche bastelte ich abends hauptsächlich am Motor herum. Das Benzin tankte ich in Flaschen, welche ich im Kofferraum aufbewahrte. Vor jeder Ausfahrt füllte ich die Hälfte des Benzins von den Flaschen in den Tank und hob die andere Hälfte für die Rückfahrt auf. Somit stellte ich jeweils sicher, dass ich bis zurück nach Hause fahren konnte. Einmal war einige hundert Meter von zuhause entfernt der Tank leer und ich musste mit Hilfe meiner Beifahrer das Fahrzeug heimschieben. Vor unserem Haus stand zufällig eine Polizeistreife, welche damals noch zu Fuss unterwegs

war. Unsere Ausweise wurden kontrol-
iert, wobei ich mich als Besitzer des Autos auswies. Als mich die Beamten fragten, wer das Auto gefahren hätte, gab
ich zur Antwort: „Mein Freund Dieter,
aber schieben darf ich es auch ohne
Ausweis".

Alkoholkontrollen verliefen folgender-
massen: Der Fahrer musste aussteigen
und einer geraden Linie entlanggehen.
Entschied die Polizei, dass der Gang unsi-
cher wirkte, musste nur der Zünd-
schlüssel abgegeben und das Fahrzeug
stehengelassen werden.

Es dauerte nicht lange und mein FORD
landete mit Motorschaden auf dem
Schrottplatz. Der Schaden war auf der
Autobahn unweit unserer Stadt passiert,
wahrscheinlich durch einen Haar-Riss im
Zylinder. Ein hilfsbereiter Berliner hielt
an und schleppte mich kostenlos ab.

Das nächste Auto kaufte ich für 250
Mark einem Arbeitskollegen ab; ein
DKW-Meisterklasse, Baujahr 1939. Dieser hatte einen 2-Takt-2-Zylinder- Motor mit 700 ccm Hubraum. Der Antrieb
erfolgte über die Vorderräder; er hielt

deshalb sicher die Spur und war auch sehr zuverlässig.

Eines Tages verschwand mein DKW für einige Tage und ich hatte den Verdacht, dass einige mir bekannte Studenten dafür verantwortlich waren. Der Dieb-stahl wurde der Polizei gemeldet; die Angelegenheit verlief jedoch im Sand und das Auto stand plötzlich wieder auf seinem Platz.

Einer dieser Studenten besass einen BMW-DIXIE, welcher meist in der Stadt an einer Baumallee geparkt war. Dessen Besitzer hielt ich für den Anstifter des Diebstahls und wollte ihm deshalb auch etwas heimzahlen. Mit einigen Freunden ging ich eines Nachts zum DIXIE; wir hoben diesen vorsichtig längs zwischen zwei Bäume, sodass eine Wegfahrt unmöglich war. Damit war für mich die Angelegenheit ausgeglichen.

Es gab damals noch grosse Schrottplätze, vollgestellt mit unzähligen Vorkriegsmodellen. Ein fahrbereites Auto kostete 250 Mark und konnte praktisch ohne Kontrolle angemeldet werden. Zum Teil war kein Profil mehr auf den Reifen; aber solange Licht und Winker funktionierten, gab es keine Probleme mit der Polizei.

Mit der Zeit wurde aber mein DKW etwas klapprig und ich sah mich nach einem anderen Auto um.

Der Wagen landete also auf einem Schrottplatz, wo ich 50 Mark dafür erhielt und handelte mir für einen Aufpreis von 200 Mark einen HANOMAG-KURIER, Baujahr 1935 ein. Dieser 2-türige Wagen war schwarz, hatte breite Trittbretter, eine ausstellbare Frontscheibe, grosse Aussenscheinwerfer und schon hydraulische Bremsen. Ein kleiner Nachteil war, dass der Benzinhahn, welcher sich über dem Gaspedal befand, beim Fahren ständig tropfte und meinen schönen, hellen, rechten Wildlederschuh verfleckte.

Der HANOMAG hatte nur 1200 ccm Hubraum, schluckte aber 17 Liter Benzin auf 100 km. Die angenehme Maximal-Geschwindigkeit lag bei 60 km/h, darüber entstanden unangenehme Geräusche und die Kugellager der Räder fingen an zu rattern. Dieses Auto konnte ich also nur im Stadtgebiet benutzen. In einer Linkskurve brach einmal die Achse des rechten Hinterrades ab und dieses überholte mich, bis Rad und Auto an einer Hauswand zum Stillstand kamen.

Mehrere Tage stand der Wagen dort, bis ich ihn repariert hatte. Dieser bereitete mir trotzdem grosse Freude, bis ich ihn vor meinem Bundeswehrdienst aus finanziellen Gründen wieder auf den Schrottplatz brachte.

Noch heute schlägt mein Herz höher, wenn ich Vorkriegs-Autos sehe.

Die alten Schrottplätze mit den günstigen OLDTIMERN sind lange verschwunden. Einige Autos davon haben es in Sammlungen geschafft und werden heute teuer gehandelt.

Leider habe ich damals nicht die Möglichkeit gehabt, meine alten Autos irgendwo unterzubringen, sonst könnte ich mich noch heute an ihnen erfreuen.

Zigeunerleben

Im Hinblick auf meinen Wehrdienst bei der Bundeswehr hatte ich meine Arbeitsstelle bei einer Maschinenbau-Firma rechtzeitig gekündigt. So blieb mir noch ein Monat Zeit, meine Angelegen-heiten in Ordnung zu bringen. Zwei Wochen vor Dienstantritt sprach mich in der Stadt ein Fremder an und fragte mich, ob ich einen Führerschein besässe. Es stellte sich heraus, dass er ein „Fahrender" war und einen Chauffeur brauchte.

Die Zeiten mit Pferd und Wagen waren für die Fahrenden vorbei. Auf dem Ge-lände einer alten Radrennbahn am Stadt-rand standen deren Wohnwagen-

Gespanne. Mein neuer „Arbeitgeber" führte mich zu seinem 59-er MERCEDES 220 S und sagte, er möchte sofort losfahren, um Teppiche zu verkaufen.

Das schöne Auto und die restlichen 2 Wochen Ferien bewogen mich, sofort den Job anzunehmen. Bei 30 Mark pro Tag, freier Verpflegung und Übernachtung fiel mir der Entscheid leicht. Mein neuer Boss nannte sich ZIG, er sprach nicht sehr gut deutsch und ich verstand, dass ich nach KIEL fahren sollte. Auf der Autobahn griff er mir plötzlich ins Steuer und ich realisierte, dass er KÖLN gemeint hatte. Dort angekommen, buchte ich in der Nähe des Rheines ein Hotel-Zimmer. Anschliessend fuhr ich Zig zu seiner Clique, welche ihre Wohnwagen-Gespanne auf einem Rastplatz unter einer Autobahnbrücke abgestellt hatte.

Am nächsten Morgen sollte ich ihn dort wieder abholen. Pünktlich erschien ich am nächsten Morgen und wurde schon von ihm und seiner Frau erwartet. Was die anderen Fahrenden dort trieben, habe ich nie ganz herausgebracht. Es standen jedenfalls die grössten „Ami-Schlitten" herum, umringt von hübschen Frauen und grimmig aussehenden, kräftigen Männern. Zu mir waren alle sehr freundlich und sie behandelten mich als ihresgleichen.

Mit Zig und seiner Frau ging es zuerst zu einem Lagerhaus, wo Teppiche eingeladen wurden, danach weiter in ein Wohnquartier. Dort begaben sich die beiden mit einigen Teppichen auf dem Arm in verschiedene Richtungen auf Verkaufs-Tour. In der Zwischenzeit wartete ich am Wagen und besorgte mir an einem nahen Kiosk eine Zeitung, um mir die Langeweile mit Lesen zu vertreiben.

Es dauerte zwei Stunden bis zur Rückkehr der beiden. Zig war sehr verärgert, denn sie hatten nichts verkauft. Er schimpfte mit seiner Frau, schlug sie, lud die Teppiche ins Auto und befahl mir, nur mit ihm, aber ohne seine Frau, loszufahren. Mir war nicht wohl bei der Sache und ich versuchte, Zig zu besänftigen, was mir aber nicht gelang. Er sah mich finster an und sagte, ich sollte mich nicht in seine Angelegenheiten einmischen. Eine Narbe auf seiner Stirn gebot mir auch zur Vorsicht. Als ich ihn vorher mal darauf angesprochen hatte, wich er mir aus und sagte nur, diese resultiere aus einer früheren Streiterei.

Am selben Nachmittag verkaufte Zig mehrere Teppiche und machte dabei einen guten Umsatz. Daraufhin musste ich für ihn einige Einzahlungen bei einer Bank vornehmen und anschliessend lud er mich zum Umtrunk ein. Er kannte in der Gegend mehrere Kneipen, in die wir einkehrten. Dort schäkerte Zig mit den anwesenden Frauen und betrank sich. Da ich noch mit dem Auto fahren musste, hielt ich mich jedoch mit dem Alkoholgenuss zurück.

Auf unserem Rückweg sagte Zig, ich solle ihn zum Übernachten in „mein" Hotel mitnehmen, da er für diese Nacht nicht ins Lager zurück wolle. Hatte er doch seine Frau geschlagen und erwartete zu Recht Schwierigkeiten bei seinen Leuten.

Alles ging soweit gut, bis am nächsten Morgen die Wirtin aufgeregt an meine Tür klopfte und mich dadurch weckte. Sie sagte, dass einige Fahrende mit ihren Autos auf ihrem Hof stünden und lauthals nach Zig rufen würden. Um die anderen Hotelgäste nicht zu verschrecken, sollte ich mich sofort mit Zig aufmachen, und seine Kollegen vom Hotel weglotsen. Zig war durch den Lärm inzwischen auch aufgewacht und wir begaben uns schleunigst zu seinem Auto in die Hotel-Garage. Ohne mit seinen Leuten zu diskutieren, fuhren wir davon. Die ganze „Gesellschaft" folgte uns im Konvoi durch die Stadt bis zum Lager unter der Autobahn-Brücke.

Dort angekommen, schimpften alle mit Zig und bedrohten ihn mit Fäusten. Verwandte von Zigs Frau waren auch dabei und wussten natürlich von den Prügeln, welche diese am Vortag von ihm bezogen hatte. Ich befürchtete schon, in eine Keilerei zu geraten, wurde aber in Ruhe gelassen.

Schlussendlich beruhigten sich alle und ich wurde gebeten, eine Frau zum Einkaufen in die Stadt zu fahren. Diese war jung und hübsch und machte mir auf der Fahrt eindeutige Avancen, denen ich aber schweren Herzens widerstand.

Eine „Anbändelei" in dieser Sippe hätte bei Bekanntwerden für mich sicher schlimme Folgen gehabt und ich fühlte bereits ein Messer in meinem Rücken.

Wie sich später herausstellte, hatte der Mann der jungen Frau ein paar Wochen vorher Streit mit Zig gehabt und ihm dabei eine Latte, in welcher ein Nagel steckte, vor die Stirn gehauen. Davon zeugte also Zigs Narbe; der Verursacher war danach untergetaucht.

So lebte ich unbehelligt eine Zeit lang tagsüber im Lager und übernachtete im Hotel.

Der Zeitpunkt meines Wehrdienst-Antrittes stand unmittelbar bevor und ich teilte dies Zig mit. Aber er und seine Sippe hatten dafür kein Gehör und wollten mich dazu bewegen, einfach bei ihnen zu bleiben. Einer davon, ein Schwergewicht mit schwarzem Schnauzbart und Amiwagen bot mir sogar an, mich gegen höheren Lohn mit nach Hamburg zu nehmen. Ehrlich gesagt hatte ich zwar keine grosse Lust, den Wehrdienst anzutreten, aber einfach unterzutauchen, war mir doch zu riskant und unfair meiner Familie und meinen Freunden gegenüber.

So fuhr ich abends zurück zum Hotel, übernachtete jedoch nicht, sondern nahm den Zug zurück in meine Stadt. Vorher sagte ich der Wirtin, dass der

Autoschlüssel auf dem Nachttisch läge und dass sie, wenn Zig am nächsten Morgen auftauchen würde, um nach mir zu fragen, sie einfach sagen sollte, ich wäre am Rhein spazieren gegangen.

Ein paar Tage danach habe ich mich bei der Wirtin erkundigt, wie die Sache ausgegangen sei. Es kam genau so heraus, wie ich es mir vorgestellt hatte. Mein Verschwinden hatte grossen Ärger verursacht und ich habe später immer Ausschau gehalten, dass ich nicht zufällig einem meiner „Freunde" über den Weg laufe.

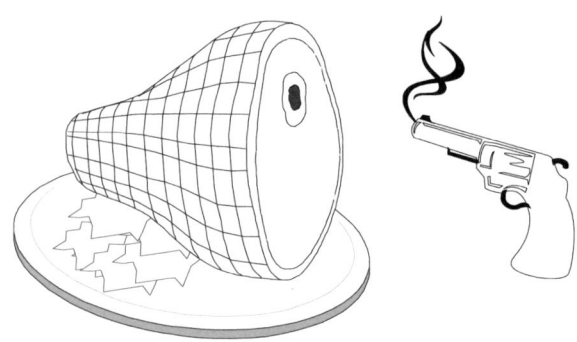

Nagant & Beinschinken

Mein Freund Dieter eröffnete bald nach Ende seiner Lehrzeit einen Kolonialwarenladen in West-Berlin. Zusammen mit unserem Freund Manne besuchte ich ihn kurz darauf.
Die Fahrt im Auto führte über DDR-Gebiet. Die ostdeutschen Zöllner an der Grenze waren arrogant und handelten willkürlich. Das Auto wurde genau untersucht und unsere Pässe langwierig geprüft. Die Beamten hatten es nicht eilig und liessen uns lange warten. Von meinen vorhergehenden Reisen ins westliche Ausland war ich eine derartige Behandlung nicht gewöhnt und zeigte offen meine Missbilligung. Man konnte aber an dieser Situation nichts ändern und hätte

sich durch Beschwerden nur weitere Verzögerungen bei der Abfertigung eingehandelt. Die Fahrtzeit durch die „Ostzone" bis nach West-Berlin war genau vorgeschrieben. Hielt man sich nicht daran, kassierte die DDR-Polizei eine saftige Busse.

Berlin hatte damals einen Sonderstatus und war im Westteil noch besetzt von den westlichen Alliierten: USA, England und Frankreich. Dieser Teil gehörte zu Westdeutschland und lag mitten in der, wie es damals hiess, sogenannten DDR, der Deutschen Demokratischen Republik. Im Ostteil, der damaligen Hauptstadt der DDR, war die sowjetische Besatzungsmacht stationiert. Auf Waffenbesitz stand für Privatpersonen theoretisch noch die Todesstrafe. Wir machten uns ein paar schöne Tage in West-Berlin und übernachteten bei Dieter.

Für einen kurzen Besuch in Ost-Berlin passierten wir am „Checkpoint-Charly" die Zonengrenze nach Ostberlin. Auch hier wurde die Abfertigung sehr schleppend durchgeführt und mit deutscher Gründlichkeit alles genau kontrolliert, vor allem das mitgeführte Notengeld.

Bei unserer Rückkehr nach Westberlin war der Kontrollraum überfüllt und eine junge, hübsche Offizierin kontrollierte unsere Papiere, als wir endlich an der Reihe waren. Wir nahmen die Prozedur nicht ganz ernst und bei der Kontrolle meines Westgeldes stellte sie fest, dass der von mir bei der Einreise angegebene Betrag nicht ganz mit dem bei der Ausreise übereinstimmte. Es fehlten ein paar Mark, welche ich mir von Manne als Kleingeld borgen wollte. Dieses sagte ich unter Lachen, was sehr übel vermerkt wurde mit der Bemerkung, dass nur Noten zählen. Bei Nichtübereinstimmung könnte der ganze Betrag beschlagnahmt werden. Auch wurde mit grossem Missfallen registriert, dass ich in der Zwischenzeit einen Papierschnipsel in einen Kasten steckte, der nur für spezielle Coupons der Grenzbeamten vorgesehen war. Draussen wurde noch das Auto genau auf eventuell mitgeführte „blinde" Passagiere durchsucht. Es war für DDR-Bürger verboten, unberechtigt auszureisen, doch es versuchten immer wieder einige, auf irgendeine Weise dem Ostregime zu entkommen.

Dieters Laden mit angeschlossener Wohnung befand sich im Erdgeschoss eines grossen alten Mehrfamilienhauses. In einem Teil des Kellergeschosses bewahrte er seinen Lagervorrat auf.

In der Nachbarschaft ging es recht locker zu. Nebenan in der Parterre-Wohnung hatte ein Nachbar seine Schlüssel verloren und ging, statt durch die Haustür, durch sein offenes Wohnzimmerfenster ein und aus.

Ein anderer befreundeter Nachbar kam mal in den Laden und bat darum, sich aus dem Vorratskeller etwas holen zu dürfen. Erst beim Aufräumen nach Ladenschluss fand Dieter seinen Nachbar stockbetrunken im Keller. Er hatte den dort gelagerten Spirituosen nicht widerstehen können.

Auch gegen Diebstahl musste Dieter manchmal etwas unternehmen. Allein anwesende Kunden im Laden verlangten gern Sachen, welche im obersten Regal lagerten und für die Dieter auf eine Leiter steigen musste. In einem dabei unbeobachteten Augenblick wurde dann die Gelegenheit ergriffen, heimlich einem offenen Behälter ein paar kleine Tafeln

Schokolade zu entnehmen. Um solche Diebstähle zu verhindern, klebte Dieter diese Täfelchen in einem Abstand an eine fast unsichtbare Angelschnur. Als sich Dieter einmal nach dem Sauerkraut bücken musste, hörte er ein Rascheln. Beim Aufsehen bemerkte er zwischen der Tasche des Kunden und dem erwähn-ten Behälter eine Schokoladenkette hängen. Ohne gross etwas zu sagen, schnitt Dieter den Faden am Behälter ab und verrechnete dem Kunden alle Täfelchen, die am Faden hingen. So konnte er einen Dieb überführen, welcher sich unbeobachtet gratis bedienen wollte und zusätzlich seinen Umsatz erhöhen.

An einem Abend sassen wir bei ein paar Bierchen gemütlich beisammen, als ich auf einen dummen Gedanken kam. Auf dem Weg zur Toilette holte ich aus dem Vorratskeller einige Silvesterknaller, band sie zusammen zu einem Paket und legte dieses in den Korridor neben dem Wohnzimmer. Dann zündete ich die Lunten an, begab mich zu meinen Freunden und verwickelte sie in ein Gespräch. Nach kurzer Zeit gab es eine gewaltige Explosion. Die Tür wackelte, meine Freunde erschreckten sich natürlich, aber ich hatte meinen Spass und später lachten auch meine Freunde herzhaft darüber.

Am anderen Morgen sagte Dieter zu mir, ich solle mich besser nicht bei seinem Nachbarn sehen lassen, denn bei ihm sei durch die Explosion der Putz von der Wand abgeplatzt.

Am letzten Abend vor unserer Rückreise inspizierten wir den Vorratskeller. Dieser bestand aus einer ganzen Anzahl einzelner Räume mit Verbindungsgängen. Weitere Kellerabteile gehörten anderen Mietern, wurden aber von denen kaum mehr genutzt. Diese Keller waren meist verdreckt und vollgestellt mit altem Gerümpel. Während der Bombennächte im Krieg hatten sich dort sicher Leute aufgehalten.

In einer Kiste fand ich einen alten geladenen russischen NAGANT-Revolver. Mit ein paar Flaschen Bier machten wir es uns in einer Kellerecke gemütlich. In einiger Entfernung sah ich einen Beinschinken an einem Lagergestell hängen. Auf diesen machte ich mit dem Revolver einige Schiessversuche, bis Dieter ausrief: „Mann, du kannst ja nicht mal den Schinken treffen!"

Bei näherem Hinsehen in der schummrigen Beleuchtung stellte sich jedoch heraus, dass die Schüsse die halbe Rückseite des Schinkens weggerissen hatten.

Auf der Suche nach den Geschossen weiter hinten am Ende des Ganges fanden wir hinter einem alten, verstaubten Vorhang die Gaszuleitung für das Haus. Man kann sich vorstellen, dass uns bei diesem Anblick ein grosser Schreck durch die Glieder fuhr. Nicht auszudenken, was passiert wäre, hätte ein Schuss diese Hauptleitung getroffen!

Artillerie-Einschlag

Meinem Antritt als Wehrpflichtiger bei der Bundeswehr sah ich mit gemischten Gefühlen entgegen. Der Termin verschob sich zum Schluss um ein viertel Jahr, da ich kurz vor Antritt mit Blinddarmentzündung ins Krankenhaus musste.
Zum ersten Antritts-Termin war ich noch auf meinen Wunsch hin als Fahrer bei einer Verpflegungs-Kompanie eingeteilt worden. Den zuständigen Sachbearbeiter beim Kreiswehr-Ersatzamt muss die Verschiebung des Termins derart genervt haben, dass ich danach wie

zur Strafe einer Panzerpionier-Kompanie in unserer Stadt zugeteilt wurde.

Die Ausbildung war interessant, aber hart und schikanös. Die älteren Ausbilder hatten noch im 2. Weltkrieg in der deutschen Wehrmacht gedient und drillten uns auf ihre gewohnte Art.

Unser Hauptmann kam erst anfangs der Fünfzigerjahre aus sowjetischer Kriegsgefangenschaft zurück und sein Motto war: „Lieber tot als rot". Einmal widersprach ich ihm, was natürlich übel vermerkt wurde. Anhaben konnten mir die Ausbilder nicht viel, denn ich war fit und beherrschte alles, was uns beigebracht wurde. Machten andere in unserer Gruppe mal einen Fehler oder fielen unangenehm auf, mussten alle strafexerzieren. Von Teamgeist war keine Rede, jeder schaute nur für sich selbst. Im Ernstfall wäre mit uns kein Krieg zu gewinnen gewesen. Das einzige, bei dem unsere ganze Gruppe übereinstimmte, war die Beurteilung der freiwillig dienenden Soldaten: „Unbrauchbar für den zivilen Bereich".

Die Duschanlagen in unserem Kompanie-Gebäude waren alt und auf den Holzrosten wucherte der Fusspilz, für mich ein lebenslanges Andenken an diese Zeit! Zur Behandlung meiner befallenen Füsse wurde ich für eine Woche in die Sanität eingewiesen. Dies nutzte ich aus, um mir ein freies Wochenende zu verschaffen. An diesen Tagen war kein Sanitätspersonal anwesend und ich plante sorgfältig mein Vorgehen.

Am Freitagabend versteckte ich in einem Schuppen auf dem Kasernengelände meine Zivilkleider und mein Fahrrad. Nach der Übernachtung in der Sanität ging ich am nächsten Morgen wieder zum Schuppen, wechselte meine Kleider und fuhr unbehelligt durch das Haupttor, welches von einer anderen Kompanie bewacht wurde, nach Hause.

Vor Dienstbeginn am Montagmorgen traf ich wieder ungesehen bei der Sanität ein. Das Risiko, dass meine Abwesenheit bemerkt werden könnte bestand zwar, aber ich nahm es in Kauf. Es hätte böse enden können, aber wie sagt man so schön: „Wer nichts wagt, der nichts gewinnt".

Für eine Gefechtsübung im Gelände wurden einmal grosse Feuerwerkskörper eingesetzt; in runde Pappschachteln gefüllter Sprengstoff mit Reibzündung. Da unsere Schützenpanzer noch nicht mit Kanonen ausgerüstet waren, sollten die Sprengsätze während der Übung aus dem Panzer geworfen werden und Artillerie-Einschläge simulieren. Die Versuchung war natürlich für mich gross, einige dieser Knallkörper für die persönliche Verwendung aufzusparen.

Bei einer privaten Feier mit Freunden in der Vorstadt zündete ich einen davon spätabends auf einer nahen, kleinen, verkehrsarmen Strassenkreuzung. Es gab einen gewaltigen Knall und der Vorfall wurde von einem nebenan wohnenden Polizisten, der auch als Hausmeister amtete, untersucht. Glücklicherweise gab es weder Personen- noch Sachschaden, aber der Polizist fühlte sich in seinem Element und wollte unbedingt diesen Vorfall aufklären.

Der Verdacht fiel zwar auf mich, aber mir konnte nichts nachgewiesen werden.

Um den Polizisten abzulenken und ihn auf eine andere Spur zu bringen, wollte ich ihm einen kleinen Streich spielen. Am nächsten frühen Morgen erschien ein Freund mit einer grossen Tube Kontaktkleber. Während er „Schmiere" stand,

164

drückte ich den ganzen Inhalt der Tube in das Schlüsselloch der Garagentür des Polizisten.

Nach Entdeckung dieser Tat sahen wir den Polizisten „sherlock-holmes-gleich" mit einer grossen Lupe auf Spurensuche. Auch diese Angelegenheit verlief für den Polizisten im Sand.

ENDE

Nachwort

Wenn ich mich heute an meine Jugendjahre erinnere, wird mir bewusst, wieviel ich damals mit wenig Geld unternehmen konnte.

Die Schelmereien nahmen nicht den Hauptteil meiner Jugend ein, es blieb auch Zeit zum Lernen für Schule und Beruf. Was ich dort allenfalls versäumt habe, musste später mit vermehrtem Aufwand und Mühe nachgeholt werden.

Heute gibt es für mich kaum ein technisches Gebiet - ausser der Elektronik - auf welchem ich mich nicht auskenne.

Bis 1978 arbeitete ich in Entwicklungs-Abteilungen grosser Firmen; anschliessend gründete ich in der Schweiz mein eigenes Unternehmen und ermöglichte damit meinen beiden Söhnen, Jacques und Dominique, eine erfolgreiche Geschäfts-Basis.

Schade nur, dass dies mein Vater nicht mehr erleben konnte, starb er doch bereits 1959 im Alter von nur 54 Jahren.

Die vielen Reisen, welche ich mit sehr wenig Geld bereits als Jugendlicher unternommen habe und die mich bis Skandinavien, Frankreich, Schweiz, Italien und Jugoslawien führten, waren für die meisten anderen Jugendlichen in dieser Zeit undenkbar; ihre Eltern hätten ihnen dies nicht erlaubt.

Üble Charaktereigenschaften wie Neid und Missgunst sind mir vom Schicksal erspart geblieben. Zum Glück hat mich eine positive Lebenseinstellung mein Leben lang begleitet. Unfälle wie Stromschläge, Stürze vom Dach, Verbrennungen durch Gartenfeuer und Steinschläge in den Alpen habe ich schadlos überstanden.

Mit meinem Grossvater väterlicherseits hatte ich ein besonders gutes Verhältnis.

1878-1964 (Foto von 1901)

Geerbt habe ich dessen Taschenuhr, die er als Bergmann bei Sprengungen brauchte und welche - heute noch gut sichtbar - bei einer Explosion beschädigt wurde.

Gerne hörte ich seinen Geschichten zu, wie auch meine Enkel meinen Geschichten mit Vergnügen lauschen.

Meine Eltern haben über die Kriegsjahre einige Fotos meiner Vorfahren gerettet, die ich seit vielen Jahren in meiner Ahnengalerie in Ehren halte. Das älteste Foto zeigt meine Grosstante Elfriede als Kleinkind mit ihren Eltern und Grosseltern.

Mein Urgrossvater mütterlicherseits „Piepopa"
oben, dritter von links
1861-1938 (Foto von 1885)

Die Berichte in diesem Buch beschränken sich bewusst auf meine Jugend-Erlebnisse. Es gäbe aus meinem Erwachsenen-Leben sicher auch einige interessante Begebenheiten zu berichten. Diese würde man jedoch heute nicht mehr als so aussergewöhnlich empfinden wie meine Jugend-Erlebnisse.

Seit fast 20 Jahren lebe ich mit meiner zweiten Ehefrau, Marcella, in Südwest-Australien auf einem grossen Grundstück umgeben von Flora und Fauna.

Durch Golf spielen und tägliche Übungen, welche mir ein alter chinesischer Meister vor vielen Jahren beigebracht hat, halte ich mich fit. Auch liebe ich Fahrrad-Touren und reise immer noch gern.

Ich hätte nichts dagegen einzuwenden, wenn ich mein heutiges Leben noch viele Jahre gesund weiterführen könnte.

Manfred Mann